lit★europe

Stanka Hrastelj, geboren 1975 in Brežice, ist eine slowenische Lyrikerin und Prosaautorin sowie Übersetzerin von serbischer und kroatischer Lyrik. Bisher veröffentlichte sie drei Gedichtbände und zwei Romane. Für ihr literarisches Werk wurde sie bereits mehrfach ausgezeichnet, u. a. als Sloweniens beste Nachwuchsdichterin (2001), außerdem für ihren Gedichtband *Nizki toni* (Tiefe Töne, 2005) mit dem Preis für das beste literarische Debüt sowie mit dem »Blauer Vogel«-Preis für *Igranje* (Spielen) als bester Roman vor Veröffentlichung (2012). Ihr zweiter Roman *Prva dama* (wörtlich: First Lady | dt. Titel: *Batseba*) erschien 2018.

Stanka Hrastelj

Batseba

Aus dem Slowenischen
von Metka Wakounig

Roman

Metka Wakounig,
geboren 1983 in Klagenfurt/Celovec, wuchs zweisprachig in Kärnten auf. Sie studierte Germanistik in Graz und Bristol. Heute lebt und arbeitet sie als freie Übersetzerin und Lektorin in Wien. Sie übersetzte u. a. folgende slowenische Autor:innen: Gabriela Babnik, Polona Glavan, Katja Perat, Sebastijan Pregelj, Esad Babačić, Marjan Rožanc, Marjan Tomšič, Taja Kramberger, Tatjana Jamnik und Barbara Korun.

homunculus verlag

Für die Leser von Poesie

Triggerwarnung: Selbstverletzende Handlungen in verschiedener Form, sexuelle Gewalt

1. Das Mädchen aus der Provinz

Sie ging jung von zu Hause fort, sie hatte ihre Gründe, sie heiratete jung einen hochrangigen Militär und entkam in die Hauptstadt. Die Hochzeit war unkonventionell, die heimische Tradition langweilte sie, so vorhersehbar, die betrunkenen Hochzeitsgäste, die mit einer Ziehharmonika ins Haus der Braut stürmen, anklopfen und sagen *wir haben eine schöne Blume, aber keine Vase, sie soll bei euch sein, die richtige für unsere Blüte, schaut doch mal nach*, sie schicken ein altes Weib zur Tür *ach, kommt schon, die ist ganz runzlig und gebückt, zu alt für den Unseren, habt ihr keine Jüngere?*, dann schieben sie ein halbwüchsiges Mädchen durch die Tür *na, na, die hing ja gestern noch an der Mutterbrust, das geht so nicht, schickt eine andere*, und schließlich stellen sie die Braut in einem prachtvollen und obligatorisch weißen Kleid vor die Tür, die Augen der Hochzeitsgäste leuchten und sie sabbern, der Wein fließt in Strömen, sie gehen gemeinsam aufs Standesamt (unterwegs verlieren sie Zeit wegen der Maut, die Dorfbewohner fordern den Loskauf der Schönheit aus der heimischen Pfarrei, sie wollen Geld, um es ihre Rachen hinunterzuschütten), vom Standesbeamten zum Altar, vom Altar unter die Reisdusche, Tränen verwischen das Make-up, dann das Wirtshaus und eine große Hochzeitsfeier und der Tortenanschnitt, das Brautstraußwerfen und perverse Hochzeitsgesellschaftsspiele, bis den Hähnen die Hälse platzen, noch eine saure Suppe und ab nach Hause – so ein Szenario sagte ihr schlicht nicht zu, und Urija war es sowieso egal.

2. Die aufrechte Haltung

Der Gehsteig war klassisch breit, zwei konnten problemlos nebeneinanderher gehen, aber nicht drei, sie war unterwegs in Richtung Ost–West, zwei in ein Gespräch vertiefte junge Männer kamen ihr entgegen, beim Aufeinandertreffen wich ihr keiner der beiden aus, sie, die Frau, musste das tun, was sie überaus kränkte. Sie überlegte, analysierte die Situation und begriff, dass es schon stimmte, dass das Städtchen, in dem sie zuvor gelebt hatte, fast schon eine Geisterstadt war und dass man dort nur selten überhaupt jemandem begegnete (fehlende Praxis im Umgang mit anderen Menschen auf engem Terrain), dass sie auch ein bisschen selbst schuld war, schließlich konnte sie mit ihrem Körper keine Haltung einnehmen, in der ihr die anderen den Vortritt ließen, der Schlüssel zu einer souveränen Körperhaltung aber ist das Kreuz: Die Vertikale ist der aufrechte Körper, Durchlaufstelle für die Kommunikation zwischen Himmel und Erde, und die Horizontale sind die Augen, also ein strammer Blick.

Sie ging aufrecht weiter, schon wieder zwei aus der anderen Richtung. Sie blickte geradeaus, als nehme sie ihre Umgebung nicht wahr, sie starrte in die Ferne, den Blick auf der Höhe des Horizonts, ein Stück darüber, und sie lächelte auch ganz leicht, als wäre sie in Gedanken bei einer Sache, die zu ihren Gunsten verlief. Es funktionierte, sie wichen aus.

3. Ein Blick auf die Gepflegtheit

Urija betrachtete sie, nackt, glatt, makellos, und fragte sie, ob sie unter den Achseln ansonsten dicht oder schütter behaart sei, schwarz oder golden, *ich meine, wenn du dich nicht rasieren würdest. – Was für eine Frage,* lächelte sie. In ihrem Leben hatte es keine Phase gegeben, in der sie sich nicht rasiert hatte, auch als sie Pfeiffersches Drüsenfieber und neununddreißig Grad Fieber gehabt hatte. *Na ja, ich frage, weil … weißt du noch, dieses Schwarz-Weiß-Foto, auf dem Madonna nackt ist, mit Haaren zwischen den Beinen, unter den Achseln, weißt du noch? So eine Bärin, total sexy.*

Batseba konnte sich an den Schwarz-Weiß-Akt erinnern, überhaupt nicht anziehend, eine ungepflegte Frau eben, überhaupt nicht sexy.

4. Zukunftsvorsorge

Die Studierendenparty vor ein paar Jahren, als sie Besuch von der Schulfreundin aus dem Gymnasium bekommen hatte. Als die Asche von der Zigarette der Wahrheit bei der Schulfreundin aus dem Gymnasium hinabrieselte und die Clique sie mit Fragen zu allen möglichen Erfahrungen überhäufte, log sie, aber nur ein bisschen, sie übertrieb vielmehr in eine Richtung, die sie in einem besseren Licht dastehen ließ. Ja, sie würde nie vergessen, wie ihr erstes Mal war, *wir waren ein bisschen betrunken, muss ich gestehen*, er gefiel ihr, alle waren verknallt in ihn, aber er tanzte mit ihr, er küsste sie auf den Hals, er nahm sie bei der Hand und führte sie fort, und es war überraschend spontan und es war ganz anders als erwartet, und *obwohl es verdammt wehtat*, sagte sie, *war es himmlisch schön*, sie sagte nicht, dass er ihr auf dem Parkplatz den Kopf gegen seinen Hosenschlitz drückte, dass sich die Steinchen in ihre Knie bohrten, dass es ziepte, als er ihr mit den Händen ein für sie zu schnelles Tempo diktierte, dass er ihr eine runterhaute, weil sie nicht schluckte, und dass er sie danach einem Freund anbot, der zufällig zum Pinkeln vorbeikam, dass er ihnen zusah und ihn aufhetzte, und dass ihr danach ihr ganzer Körper höllisch wehtat, dass sie sich zerrissen und blutig im Gebüsch versteckte und wartete, bis Batseba aus der Blockhütte erschien, Batseba die Festung, Batseba die Freundin, damit sie sie heimbrachte und keine Fragen stellte und nie auch nur ein Sterbenswörtchen über all das verlor.

Als die Asche bei Batseba hinabrieselte, log sie, aber nur ein bisschen, das heißt sie verschwieg fast alles, gab sich ein wenig schüchtern und unerfahren, denn was ging die schließlich ihr Intimleben an, Batseba hatte die Dinge fest in der Hand, sie dachte an morgen und übermorgen und weit voraus.

5. Begeisterung über das Theater

Er sagte *ich gehe mit den Jungs auf ein Bier, komm doch mit.* Sie sagte *ihr wart am Dienstag Bier trinken, ihr wart gestern Bier trinken, gehen wir heute doch ins Theater.* Er sagte *doch nicht ins Theater, bitte.* Sie sagte *warum nicht?* Er sagte, Theater sei langweilig. Sie sagte, das stimme doch nicht. Er sagte, dass er schon in der Grundschule genug gehabt habe vom Theater, weil sie sich jedes Jahr die Zauberflöte ansehen mussten. Sie sagte, das sei eine Oper. Er sagte, das sei dasselbe. Sie sagte, es sei nicht ganz dasselbe und dass sie sich gerne Die Ziegeninsel ansehen würde. Er sagte, alle Russen inklusive Tolstoi seien morbid und sterbenslangweilig.

6. Urija zieht in den Kampf

Der Abschied fiel kurz aus. *Wenn wir ihm zu viel Aufmerksamkeit widmen*, so schwiegen sie, *ist es wie ein endgültiger Abschied*, der Abzug an die Front kann allerdings auch nur ein Ausflug sein, von dem man mit Orden behängt und ohne einen Kratzer zurückkehrt – obwohl der Herr mit der Sense den Soldaten ständig im Genick sitzt. Adieu – leb wohl – bis bald. *Wir sehen uns so oder so in ein paar Wochen wieder.* (Sie hofften, nicht *so*.)

7. Ein Blick auf die Behaglichkeit

Wenn ich daran denke, in was für einem Bett ich all die Jahre geschlafen habe, sagte sie, zufrieden, dass sie sich nach Lust und Laune herumwälzen und strecken konnte, ohne dass sie zu Boden zu fallen drohte. Urija, stattlich und groß gewachsen, wie er war, hatte sich ein riesiges Bett bauen lassen, lang genug, um sich seiner ganzen Länge nach hinlegen zu können, und breit genug, um auch quer darin schlafen zu können, wenn ihm danach war, und als er dem Tischler die Maße auftrug, sagte er noch *wissen Sie was, machen Sie mir so eines mit Baldachin*. Er tat wie ihm geheißen. Sie fand dieses Möbelstück traumhaft (mit Ausnahme der Bettwäsche und des Vorhangs, sie besorgte sofort neue), bezüglich der anderen Dinge war es offensichtlich, dass eine weibliche Note fehlte, wie man früher sagte, es fehlte ein Ästhet, der auf den Tisch haute und die Dinge in Ordnung und Harmonie brachte, sie selbst glänzte darin.

Armer Urija, seufzte sie, als sie mehrere Morgen in Folge alleine aufwachte, *hat so ein riesiges und bequemes Bett und schläft so selten darin*. Auch Urija schnaubte manchmal, wenn er mehrere Morgen in Folge auf dem harten Nachtlager im Armeestützpunkt aufwachte, verquollen von den Stichen der Mücken und anderem Geschmeiß, die staubige und blutbesprenkelte Uniform anzog, die Stiefel wichste, sich rasierte, aufrichtete, alle Knöpfe bis zum Hals zumachte, sodass er aussah wie geleckt, dem Widerschein im Spiegelsplitter zurief *Potentia est imperare orbi universo*, die Hacken zusammenschlug und aus dem Zelt in einen neuen Tag trat, neuen Siegen entgegen.

8. »Ich könnte jemand sein«

Sie hatte die Markise entrollt, sie aufgezwirbelt, betrachtete dabei ihre blassen Hände (ihre *pale* Händchen, nicht blass in unserer Sprache, was man sich als Totenblässe vorstellt, sondern *pale* auf Englisch, womit man einen aristokratisch hellen Teint assoziiert: Batsebas Teint war von adelig blasser Farbe), die Rücken der linken und rechten Hand, wie jede ihren eigenen Kreis zeichnete, eine etwas höher als die andere, dieselbe Achse, entgegengesetzte Drehrichtungen, die Handkurbel erstreckt sich weiter nach oben, sie ist um einen guten Meter verlängert, bis oben, wo der Verschlusshaken in der Öse der horizontalen Strebe mit dem darauf aufgewickelten Wachstuch steckt. Am Vormittag hatte sie es entrollt (die Händchen kreisten gleichmäßig in entgegengesetzten Richtungen), auf dem Balkon auf der Südfassade, jetzt, am späten Nachmittag, rollte sie es wieder ein, wischte den Schatten fort. *Wie aufregend*, flüsterte sie, die Lippen kaum bewegend, *wie extrem und irrsinnig aufregend: horizontales Kreisen, die Strebe, vertikales Kreisen, beziehungsweise umgekehrt, ein Soforteffekt, das Tuch aufgespannt, das Tuch verstaut, ist das nicht verrückt?! Wenn ich jetzt ein Kind wäre, wenn ich als Kind die Schatten so durch Drehungen bewegen würde, ich wäre überwältigt, ganz sicher und maßlos, ich würde Ingenieur werden wollen oder Mechaniker oder so was, ich würde Ingenieur werden oder Maschinist oder etwas Konkretes, so aber, ach.*

Die Sonne war noch nicht ganz untergegangen, sie stand noch einen halben Mann hoch, sie tauchte den Abend in ein honigfarbenes Licht, Batsebas blasses Gesicht schien weich, es war verträumt und sanft, bis sie ganz unterging. (Hinter den sieben Bergen bei den sieben Zwergen.)

9. Der Studienabschluss

Die Verleihung des Studiendiploms fiel schön mit dem Urlaub des Ehemanns zusammen. Nach der Feier an der Universität gingen sie zusammen zu Mittag essen, das junge Ehepaar, Batsebas Eltern, Batsebas Schulfreundin aus dem Gymnasium. Am Abend merkte die Schulfreundin an *deiner verträgt aber richtig was!*

10. Probleme mit dem Kalkstein

Sie verrichtete ihr großes Geschäft, wollte spülen, doch sie betätigte den Hebel umsonst: Das Wasser wollte nicht fließen, ihr Haufen verlachte sie vom Boden des Lochs aus. *Was für ein Glück, dass Urija gerade jetzt Urlaub hat*, sie lief ihn holen, ließ davor Wasser in ein Kunststoffbecken laufen, schüttete es in die Schüssel, schrubbte sie mit der Bürste sauber, goss Wasser nach, *Urija, sieh nach, was los ist, kannst du das reparieren?* Er legte die Fernbedienung beiseite, erhob sich von der Couch, sagte *kein Problem*, fummelte ein paar Minuten am Spülkasten herum, verkündete, es sei erledigt. Doch am nächsten Abend spülte das Wasser die Fäkalien erneut nicht fort. *Urija, es macht schon wieder Scherereien, kannst du noch mal nachsehen? – Herrje, Kalkstein, verzwickte Sache, ich kümmer mich drum, gleich morgen, jetzt bin ich mit Freunden verabredet, kommst du mit?*

Eine halbe Stunde später neigte er sein Glas, Batseba aber war zu Hause geblieben, sie zog Gummihandschuhe an, bewaffnete sich mit einer Flasche Alkoholessig und einer Schachtel Natron, öffnete den Spülkasten, reinigte und setzte ihn wieder instand, wie sie es sich von ihrer Mutter abgeschaut hatte, und da sie schon dabei war, schrubbte sie noch die Wanne, das Waschbecken und die Fliesen, dann fand sie auf YouTube eine Doku über Bulgakow, sah sie sich an. Als der Abspann lief, seufzte sie *was für ein Leben, welch hohe Höhen und welch tiefe Tiefen, unglaublich!* Sie war hellwach vor Erschütterung, sie wusste, sie würde bis tief in die Nacht kein Auge zutun können, darum ließ sie sich ein Bad mit Rosmarinöl ein, legte sich in das heiße Wasser und überließ sich dem Duft und der Wärme. Gerade, als sie aus der Wanne stieg, kam Urija aus dem Wirtshaus zurück, stürzte ins Badezimmer, ohne die Eingangstür oder sonst irgendeine Tür hinter sich zu schließen, denn er musste wirklich dringend, setzte sich auf die Schüssel, betrachtete mit getrübtem Blick seine nackte und nasse Frau, lallte *ich würde dich mit größtem Vergnügen, aber sorry, es geht nicht.*

Der sanfte Rosmarinduft wurde in diesem Augenblick von einem anderen Geruch überdeckt, der Spülkasten aber funktionierte einwandfrei, jetzt und noch lange danach.

11. Zweifel an der Richtigkeit der Entscheidung

Einige Monate später betrachtete sie die Fotos von der Hochzeitsreise und überlegte, ob sie sich richtig entschieden hatte oder nicht. Pro: Sie lebte nicht mehr bei ihren Eltern, sie lebte nicht mehr in der Provinz, die ein völliges Tohuwabohu war, sondern im Stadtzentrum, in nächster Nähe zum Königspalast, sie war selbstständiger als je zuvor, sie war freier als je zuvor. Contra: Urija war nie zu Hause, und wenn, ließ er überall seine verschwitzten Socken herumliegen, er wusch sich nicht wirklich oft, er widmete ihr keine Aufmerksamkeit, sie war für ihn nur eine einfache Angetraute. *Und was habe ich daraus gemacht*, sagte sie, *dasselbe Muster wie bei meiner Mutter: mein Vater nonstop in der Firma, und wenn er mal zu Hause war, hat er genervt, und sein Telefon klingelte ununterbrochen, wie läuft es da für mich besser?*

12. Batsebas Begabung

Sie entwickelte riesiges Interesse für Nikola Tesla, riesiges. Sie wollte alles über sein Leben und Werk wissen, sie wollte, ohne sich das einzugestehen, einen Keim von Genialität in sich finden, denn sie las über seine Kindheit, wie er als Dreijähriger in der stürmischen Abenddämmerung die Katze streichelte, ihr Fell knisterte vor Elektrizität, um sie herum zeichnete sich eine helle Aura ab und – puff – der Funke sprang über, die Flamme loderte auf, die Leidenschaft war geboren, oh, Nikilein, es gibt keinen Weg zurück. Eigentlich hoffte sie, dass auch in ihrer Kindheit eine ähnlich herrliche und schicksalhafte Weiche gestellt worden war, sie stöberte in ihrer Erinnerung, stöberte, doch es gab dort nichts Ähnliches, am ehesten noch, als sie einmal ihr Fahrrad in seine Kleinteile zerlegt und es anschließend wieder zusammengebaut hatte, alles passte, alles funktionierte wie vorher, außer, dass ihr eine Handvoll Schrauben, Unterlegscheiben und Muttern übrig geblieben war (ihr Vater zog ihr den Hosenboden stramm), aber das kann es natürlich nicht sein, darum wäre sie schon damit zufrieden, wenn sie sich durch das Studium von Nikola Teslas Leben zumindest mit einem Bruchteil seines Genies anstecken würde, zumindest das.

Alle Anstrengung und alles In-sich-Gehen waren umsonst. Batseba war weder ein Genie noch eine Erfinderin, eigentlich nicht einmal ein besonders technischer Typ. Aber sie hatte andere Talente.

13. Das Bewerbungsgespräch

Sie kam in die engere Auswahl, doch sie war nicht die beste Kandidatin, das wusste sie, zwei hatten bessere Referenzen, die anderen vier waren keine Gefahr. So kam es, dass sie eine einzigartige Gelegenheit bekam, der Geschäftsführer hatte sich die zweite Bewerbungsrunde nämlich als informelles Gespräch bei einem Kaffee irgendwo in der Stadt überlegt. Er stellte keine beruflichen Fragen, er wollte sie alle in einer persönlicheren Atmosphäre kennenlernen. Er war offen und heiter, auch sie selbst waren geistreich und freundlich, sie bestellten und plauderten scheinbar ungezwungen über ihre Freizeitleidenschaften. Frau Internationaleerfahrungen trug ein dezentes, sportlich elegantes Kleidchen und veranstaltete zu Hause regelmäßig superbe kulinarische Seancen, Herr Allereißensichummich konnte sich ein Leben ohne Golf nicht vorstellen und sammelte teure Armbanduhren, Batseba erzählte, sie sei konsequent, verlässlich, möge gute Geschichten und gute Theaterstücke. In diesem Moment wurde die Feinschmeckerin von ihrem Kindermädchen angerufen, sie möge bitte nach Hause kommen, der Kleine kotze und wolle zu seiner Mama, und fast zeitgleich krachte jemand in das Auto des Golfers, der Alarm heulte, er musste vom Tisch aufstehen und überhaupt, *tut mir sehr leid*, sie blieb allein mit dem Direktor, Batseba hatte freie Bahn, und sie wusste sie zu nutzen.

Und sie war zufrieden, dass sie diese Leute angerufen und bezahlt hatte, sehr zufrieden.

14. Batseba beginnt zu arbeiten

Sie mochte die Arbeit. Mit dem Gehalt war sie zufrieden.

15. Ein Blick auf die Beziehungslage

In der U-Bahn saß ihr ein junges Pärchen gegenüber, das Mädchen war von elfenhaftem Äußeren, zierlich, mit anmutigen Gesichtszügen und Mandelaugen, die Frisur des Jungen, seine Augenbrauen, vor allem aber sein griechisches Profil erinnerten sie an den Typen aus der Twilight-Saga, sie hielten Händchen, eigentlich klammerte sich das Mädchen an ihn, er blickte irgendwie finster drein, die ganze Zeit über still, das Mädchen sah andauernd zu ihm, als würde es sich vergewissern, dass mit ihm alles in Ordnung sei, oder als würde es seinen Blick suchen, er aber blickte starr auf seine Converse-Schuhe. Sie strahlten etwas Bitteres aus, als hätten sie gestritten oder als würde ihre Beziehung an einem seidenen Faden hängen, dann stiegen sie aus. Auf ihren Sitzen nahm ein anderes junges Pärchen Platz, sie blond, er rothaarig, sie plapperten ununterbrochen, lachten, berührten sich, mit Augen wie Bergquellen huschten sie übereinander und durch den Waggon, sie strahlten etwas Helles aus. Tja, dachte Batseba, wir zwei liegen irgendwo dazwischen.

16. Batseba begegnet dem König

Sie hatte irgendwo gelesen, dass in Barcelona eine Oper von Debussy aufgeführt wurde, unter der Regie von Robert Wilson, und sie fand einen billigen Flug, ein recht gemütliches Hostel und ging alleine ins Gran Teatre del Liceu, um sich dieses wilsonsche Wunder anzusehen. Am Anfang fand sie es mühsam (langsam und schwerfällig), dann gewöhnte sie sich daran, bald schon genoss sie es, und mit aufgeladenen Akkus kehrte sie enthusiastisch in die heimischen Gefilde zurück.

Einige Zeit später plauderte sie im Stadtcafé mit einer Kollegin aus einer anderen Abteilung, die Tomaž Pandur nicht genug loben konnte, und Batseba sagte, dass sie ihn seinerzeit auch originell gefunden habe, sich seit Neuestem jedoch frage, ob er sich nicht allzu sehr von einer anderen Geistesgröße inspirieren lasse. Es war eine konstruktive Debatte ohne Gift oder Bosheit, eine ernste Debatte, so ernst, wie sie das bei einem Nachmittagskaffee nur sein kann, ein galanter Herr belauschte sie, sie sahen nur seinen Rücken, dann stand er auf, verbeugte sich leicht vor den Damen, beglich ihre Rechnung und ging. Sie fragten den Kellner, wer der freundliche Unbekannte gewesen sei, und er flüsterte ganz leise *König David, inkognito*, und berührte mit seinem ausgetreckten Zeigefinger leicht seine Lippen, das sei ein Geheimnis, sie nickten.

17. Eine persönliche Frage

Die Schulfreundin fragte sie, ob ihr Mann ein guter Liebhaber sei und ob sich das Feuer der Flitterwochen schon etwas gelegt habe. *Oh, auf jeden Fall, definitiv*, antwortete Batseba auf die zweite Frage und tat so, als beantworte sie die erste.

18. Batseba ist hocherfreut

König David höchstpersönlich … Irre!

19. Batseba meistert Krisensituationen

Sie hörte ein Kreischen auf dem Gang und ging nachsehen. Die Kollegin schlug um sich, tänzelte, hüpfte und war wie von Sinnen, weil auf dem Kopierer eine Hornisse gesessen hatte und jetzt um ihren Kopf herumflog und in ihren Mund kriechen wollte, um sie zu stechen, damit sie erstickt, diese schreckliche, schreckliche Hornisse. Ein Trupp Schaulustiger kam und half zu schreien und zu fuchteln. Batseba blieb cold as ice, ging in die Teeküche, holte ein Glas, und als sich das Biest auf die Wand setzte, stülpte sie das Gefäß darüber, schob ein Blatt Papier zwischen Glas und Wand, trat ans Fenster, die anderen öffneten es und sprangen zur Seite, Batseba ließ das Tier ins Freie, davor überlegte sie kurz, es in ihrer Faust zu zerquetschen: Wie wenn man über eine Brücke geht und es einen für einen Augenblick packt, zu springen, keine große Sache.

20. Die enge Freundschaft

Außer mit der Schulfreundin aus dem Gymnasium pflegte Batseba keinen regelmäßigen Kontakt mit irgendwem aus ihrem früheren Leben, das heißt aus ihrem früheren Ort, die gelegentlichen Höflichkeitstelefonate mit ihrer Mutter zählte sie nicht in dieselbe Kategorie, denn man hat nur eine Mutter, seit immer, für immer, je weiter sie voneinander entfernt waren, desto besser war es für beide, unter einem Dach zu leben brachte sie tagtäglich zur Weißglut.

Sie waren völlig verschieden, Batseba und die Schulfreundin, doch was ihr am besten gefiel und sie zugleich nervte, war die Tatsache, dass sie sie immer und regelmäßig erdete (grob und heilend), und jetzt, kilometerweit weg, fehlte ihr das, nicht, dass sie es vermisst hätte, es war nur so, sie war gewöhnt daran. *Ohne dich hätte ich keinen Halt unter den Füßen*, gestand sie ihr einmal, *nicht den geringsten Halt*. Sie kommunizierten großteils über Skype, ab und zu konnte sie sie überreden, in die Metropole zu kommen, und dann trieben sie sich herum.

21. Batsebas klare Vision

Wenn es Anne Boleyn geschafft hat, wenn es sogar Theodora geschafft hat, dann wohl auch ich. Diese Worte bildeten sich eines Maitages auf Batsebas rubinroten Lippen, sie saß auf dem Balkon und duschte sich mit der Vormittagssonne, sie hörte den finsteren Mahler und war ganz finster innendrin.

22. Batsebas Beharrlichkeit

Eine Handvoll Liebstöckelblätter zwischen den Fingern rubbeln, dem Badewasser zugeben. Batseba befolgte diesen alten, weisen und schlauen Rat. Liebstöckel also, eine Handvoll Gemüse in die Wanne, regelmäßig und unablässig, Liebstöckel, lovage, luštrek, ljubček, lubzcyk und so.

Sie zog sich für alle Fälle vor dem Fenster aus, bei Licht und offenen Rollläden, und ging von Zeit zu Zeit in der blassen Dämmerung in einem durchsichtigen Oberteil und ohne Höschen auf den Balkon.

Sie verließ oft das Haus und kam bald wieder zurück, um auf der Straße gesehen zu werden, mit Lesestoff unter dem Arm, damit man merkte, dass sie viel las, dass sie nach den Großen der klassischen Literatur griff, nach zeitgenössischen Schriften und nach humanistischer Essayistik, eine willensstarke Frau, eine schöne, belesene Frau mit einer Vision.

23. »Come up and see me«

Mit ihren Lippenbewegungen folgte sie der Stimme aus den Lautsprechern. *Ich steh auf dem Dach, ich warte vehement, ich warte immer noch, die Füße im Zement, solange ich noch … solange ich noch noch noch noch noch … warten kann. Come up and see me, come up and see me, come up and see me sometime …*

24. Dehnübungen

Eine Kollegin aus dem Büro (fünf Tische, fünf Computer, drei Topfpflanzen, zwei Drucker, ein Kopierer auf dem Gang) prahlte damit, dass sie regelmäßig Kegelübungen mache, sie sei schon so versiert, dass sie sich manchmal Kugeln in die Vagina stecke und durch die Stadt spaziere, eine andere Kollegin meinte, sie trainiere, indem sie beim Pinkeln den Strahl unterbreche, Batseba saß tippend an ihrem Tisch und war ganz Ohr, spannte währenddessen ihre Beckenbodenmuskeln an und ließ wieder locker, denn auch ihr war es schon hin und wieder passiert, dass ihr beim Niesen ein, zwei Tropfen entwischt waren, aber es gefiel ihr nicht, und das mit den Kugeln glaubte sie nicht.

25. David versündigt sich

Sie wusste, dass er sie beim Rasieren beobachtete, sie entfernte die hartnäckigen Härchen unter den Knien mit Wachs, später stand geschrieben, er sah eine Frau, die badete, die Frau war sehr schön anzusehen, der König stand von seinem Lager auf und ging auf dem Flachdach hin und her, sie aber war eine weise Frau, klug und geschickt, kompetent und effizient, erfolgreich bei der Arbeit, durchschnittlich verdient sie 101 Euro weniger als ein Mann (eine unwichtiges Detail), nicht aber als der eigene Mann, der arbeitet beim Militär, und das ist etwas anderes. Weder wollte sich

David dagegen wehren noch wünschte er es, es hatte ihn prima vista erwischt, er ließ sie an den Hof bringen, die Macht tat das ihre. *Wie geht's*, sagte er höflich und ein bisschen nonchalant. *Es geht* und *gut* und *vielen Dank, obwohl, eigentlich*, gelang es ihm ihr im Gespräch aus der Nase zu ziehen (dachte er, Batseba war weise, erfolgreich bei der Arbeit), *da ist was. Karten, ja, Karten und Würfel, ich zittere jeden Tag, wann die Gerichtsvollzieher an die Tür klopfen*. David sagte *ich will mit ihm reden*, das hatte er schon bei der Erwähnung des Glücksspiels gesagt, nachdem er bei ihr gelegen hatte, wiederholte er noch einmal *ich will mit ihm reden*, und ließ ihn kurz darauf an vorderste Front stellen. Ein effizienter, bei der Arbeit erfolgreicher König.

26. David möchte seine Vaterschaft vertuschen

Batseba wusste, dass David nur wenige Augenblicke nach der Nachricht, dass er sich verspäte, Urija von der Front abberufen ließ, damit dieser ihm von der Situation auf dem Schlachtfeld berichtete. Die Information war nicht billig. David wusste nicht, dass Batseba davon wusste, ihm war bewusst, dass sie nicht einverstanden und unkooperativ gewesen wäre, so viel wusste er schon von den Menschen. Batseba zog sich in diesen Tagen zurück, ging von zu Hause fort. Doch erst viel später, als die Geschichte schon zu Ende war, erfuhr sie von ihrem Vertrauensmann, dass Urija an den Hof gekommen war, Bericht erstattet hatte, und dass ihm danach nicht in den Sinn gekommen war, zu Hause zu übernachten und bei seiner Frau zu liegen, denn Krieg ist Krieg, Blutvergießen ist ehrenhaft, Samenvergießen nun mal nicht, er ist Offizier, Pflicht ist Pflicht und ein Eid ist ein Eid.

Auf diesen und solchen Verschwiegenheiten bauten sie später.

27. Batseba wird Witwe

Angesehene Leute aus allen Winkeln des Landes kamen, legten tonnenweise Blumen neben der Urne nieder, es war ungemein würdevoll, prächtig und feierlich, und bevor die Kanonensalven ertönten, herrschte eine dichte und schwere Stille. Ihre Tränen waren ziemlich aufrichtig, denn wahrlich, wahrlich, ich sage euch, dass sich ein bleierner und heißer Schmerz in ihrem Herzen ausbreitete und sein verschwenderisches Dasein begann.

28. Die gynäkologische Untersuchung

Der Gynäkologe befand sich in einer Zwickmühle. Wie sollte er einer jungen Frau, die soeben ihren Mann beerdigt hatte, mitteilen, was er ihr mitzuteilen hatte, sollte er sagen *herzlichen Glückwunsch*? Er sagte *ich kann Ihnen bestätigen, was Sie sowieso schon wissen.*

29. Bedenken wegen der Eile

Die Schulfreundin wunderte sich *ich verstehe nicht, geht das nicht ziemlich schnell, es ist ja noch nicht mal ein Monat vergangen seitdem, willst du dir nicht mehr Zeit lassen?* Batseba erklärte ihr die Umstände nicht, sagte ihr nicht, dass sie diese Zeit eigentlich nicht hatte. *Mach dir keine Sorgen um mich*, erwiderte sie mit warmer Stimme, *alles wird sein, wie es sein muss.*

30. Der elterliche Segen

Der Gekrönte fragte den Protokollchef, was die Regeln für einen derartigen Fall diktierten, ob er die Eltern der Witwe offiziell um ihren Segen bitten solle oder nicht. Das Protokoll gab viel auf

Tradition: Hat ein Mädchen einmal geheiratet, gehört es nicht mehr den Eltern, sondern seinem Mann – somit fragt man die Eltern nicht. David musste lachen. *Den Eltern … dem Mann … Glauben Sie nicht*, sagte er zum Protokollchef, *dass man von einem von Gott auserwählten Volk … mehr erwarten sollte?*

31. Die Vorbereitungen auf den Besuch des Königs

Es war ein informeller Besuch, ein Kennenlernnachmittag, ein Gläschen vom Hauswein. Er kündigte sich zehn Tage vorher an. Die zukünftige Schwiegermutter des Königs rannte die Gänge rauf und runter – *wir haben nur gut eine Woche, und unsere Hütte ist eine Ruine, komm!* Batseba eilte zu Hilfe, skizzierte Pläne, legte Farbtabellen zurecht, Stoffmuster, heuerte gute Handwerker an, beaufsichtigte die Renovierungsarbeiten. Beim Satz der Tochter *Diese Wand muss raus* erhob die Alte die Stimme. *Wie ihr wollt, ich kann mich in dieser Sekunde umdrehen und gehen*. Er lief ihr nach, bat, flehte, öffnete seine Geldbörse.

Sieg um Sieg, schau, Sieg um Sieg, jauchzte und sang es in Batsebas Brust.

32. Der Nachthimmel

Hier ist alles anders als in der Stadt, schau, wie schön man die Sterne sieht!, schwärmte König David. Batseba beeilte sich, ihm den Polarstern zu zeigen, den Betelgeuse, den Mars (Wissen, das sie sich im Astronomiezirkel in der Schule angeeignet hatte), David erzählte ihr eine Legende, die sie im Schulzirkel nicht beleuchtet hatten: *Königin Kassiopeia war überaus schön, jedoch überheblich und eitel …*

Danach trieben sie unter der Milchstraße die unterschiedlichsten Sachen. Die göttlichen Sterne funkelten.

33. Der Titel der Königsgemahlin

Sie musste mit aller Kraft dagegen ankämpfen, ihren Bräutigam nicht damit zu löchern, welchen Titel sie nach der Hochzeit tragen würde. Ob sie *Königin* sein werde oder eben nicht. Eines Tages schwanden ihre Kräfte. Er sagte, dass das leider nicht möglich sei, denn der König ist von Gott auserwählt und seine Braut vom König selbst, vom irdischen und jenem Adams. Dass vor Sauls Krönung die Ältesten gemeinsam mit den Weisen eine Verfassung und Gesetze nach Gottes Eingebung verfasst hätten, dass auf deren Grundlage nur ein einziger Sterblicher des auserwählten Volks den Königstitel tragen könne. Dass er ihn nicht teilen könne und dürfe. Dass der Herr spreche und das Volk gehorche. Dass die Sache *klar und deutlich* sei. Dass auch er nicht so gern im phallozentrischen *Gemeinvolk* lebe, aber was soll man machen. Dass wenn es nicht geschrieben stünde, wie es geschrieben steht, er keine Nichtadelige nehmen dürfe. Dass Gottes Weisheit unendlich sei. Und dass das Wichtigste sei, dass sie einander ergeben liebten, so werde ihre Ehe beinhart, und die Pforten der Unterwelt würden sie nicht überwältigen. Denn stark wie der Tod ist die Liebe. Wenn es keine Liebe gibt, dröhnt das Erz und die Pauke lärmt. Und er konnte nicht mehr aufhören. Also tat es Batseba: *Komm, lass uns jetzt für unsere Ehe beten.*

Er war wie Wachs in ihren Händen.

34. Die Anrede der Königsgemahlin

Das Dekret des Königs reiste durchs Land: Des Königs Auserwählte solle nach der Hochzeit mit *Ihre Majestät* angesprochen werden, Punkt (Ausrufezeichen). Sie würde keine Königin sein, aber egal. Es gab keine Straßenproteste: Die richtigen Leute erkannten rechtzeitig die erhöhte Temperatur des Volkskörpers und kurierten sie mit der richtigen Therapie (am Hochzeitstag wurden in allen größeren Städten Spanferkel gebraten und Gratisportionen verteilt).

35. Batseba, die Arbeiterin

Wie auch immer, ich weiß, dass ich nicht muss, aber ich würde gerne weiterarbeiten, würde dich das stören? – Wenn es für dich wichtig ist, wird es mich nicht stören, wieso fragst du überhaupt, meine Liebe?

Damit klärten sie auch das letzte Detail vor der zweiten feierlichen und eleganten Zeremonie im selben Jahr (mit dem Verheimlichen der Schwangerschaft mussten sie sich nicht beschäftigen, denn die war im letzten Moment den Bach runtergegangen), diesmal ohne Kanonensalven und Trauerkleidung, lediglich Blumen gab es beide Male in Hülle und Fülle, und die Tradition störte sie nicht im Geringsten, denn es handelte sich um eine Staatsordnung, der man nicht zu widersprechen hat, überhaupt erwähnen die Protokolle keine Maut und barbarischen volkstümlichen Bräuche und Sitten, alles mit Niveau, außer, dass sie es wagte, bei der kirchlichen Zeremonie unter dem langen Kleid (sie war nicht verpflichtet, Weiß zu tragen) barfuß zu gehen, sie erklärte es ihm *es steht geschrieben tritt nicht herzu, zieh deine Schuhe von deinen Füßen, denn der Ort, darauf du stehst, ist heiliges Land!* So drang sie noch tiefer in sein Herz, und einige Stunden später noch tiefer, als sie ihren Kopf bedeutungsvoll an seine Schulter lehnte und sagte *frag mich, ob ich ein Höschen trage.*

36. Das Königspaar macht bei der Weinlese mit

Nach einem heißen Sommer ohne Dürre war die Ernte reich, die Rebstöcke prahlten mit ihrer Fülle, die Reben blähten ihre Früchte kokett auf. Die Pflücker besangen sie und ließen sie sanft in die Bottiche fallen, der Winzer strich sich übers Doppelkinn und präsentierte die Skala auf dem Refraktometer, die Münder aller Anwesenden breiteten sich zu einem Lächeln aus. Auch der König und seine junge Braut erschienen auf dem Weinberg, David brachte sogar ein paar Bütten hinauf und schnitt ins Kerbholz, Batseba und die Hofdamen strampelten die Schuhe von ihren Füßen, rafften die Röcke, kletterten in die Tröge und stampften die Weinbeeren, ach, welch Jauchzen und welch Vergnügen! Und am liebsten hätte er sie in die Arme genommen und zwischen den Rebstöcken ins Gras gelegt, ach, wie diese süßen Füßchen zappelten und kneteten!

37. Batseba bewundert ihren Ehemann

Sie betrachtete ihn, wie er auf dem Rücken schlief, entblößt: *Wie schön er atmet!*

38. Batsebas Seligkeit

Wie hätte es ihr nicht imponieren sollen: In ihrer Beziehung herrschte nichts als echte Nähe, so erlebte sie das, denn es störte ihn nicht, wenn sie dabei war, wenn er sich duschte, seine Nasenhaare zupfte, sein großes oder kleines Geschäft verrichtete (jeweils im Sitzen, was für ein Galan!), und alles an ihr gefiel ihm (beziehungsweise störte es ihn nicht, zum Beispiel: Wenn er sich die Zähne putzte, ließ er das Wasser laufen, sie drehte es konsequent ab, hielt es für Verschwendung), und er wiederholte, dass es ihm unglaublich gefalle, dass ihn alles an ihr verrückt mache, er saugte an ihren Zehen, leckte ihre Achselhöhlen und ihre Analöffnung, manchmal langte er mit seiner Zunge unter ihre Augenlider und betastete mit den Papillen ihren Augapfel, und wenn nach einer heißen Nacht die Laken voller Sperma- und Kotflecken waren, sagte er *zerbrich dir darüber nicht den Kopf*, zog die Bettwäsche ab und steckte sie in die Waschmaschine, selige, selige Nähe.

39. Die Tagesordnung

Ihr Tagesablauf davor unterschied sich nicht allzu sehr von dem danach, grob gesagt: Sie stand um die gleiche Uhrzeit auf, ging zur gleichen Arbeit (für ein höheres Gehalt), nachmittags ging sie Freizeitaktivitäten nach, abends hörte sie zu, wie David komponierte, klimperte und trällerte, und sie fand es nobel. Sie schlenderte häufig durch alle so und so vielen Königsgemächer und atmete tief ein, öffnete ihre Hände und wirbelte mit geschlossenen Augen durch den Raum und war so etwas wie zufrieden mit ihrem Schicksal, obwohl.

40. Das Beobachten der Mondfinsternis

Der Zeitpunkt der Mondfinsternis rückte näher. Der Hofstaat ging auf den Berg, man machte ein Feuer, wickelte Kartoffeln in Alufolie und verscharrte sie in der Glut. Sie hatten auch ein Teleskop mit vierhundertfacher Vergrößerung mitgeschleppt, drückten ihre Gesichter gegen das Okular, schauten und staunten.

Batseba betrachtete die Mondkrater, sagte sich: *Faszinierend, das Licht reflektiert von der Erde und bricht in rote Farben, aber was für ein Wunder ist erst eine Sonnenfinsternis mit leuchtender Korona hinter dem Mond! In einer Handvoll Jahrzehnten wird eine totale Sonnenfinsternis praktisch nicht mehr spektakulär sein, denn der Mond entfernt sich in jeder Runde ein kleines Stück weiter von der Erde.*

David war bezaubert vom Anblick, spanische Achtsilbler fielen ihm ein: *Flieh Mond, Mond, Mond. Wenn die Zigeuner kämen, würden sie aus deinem Herz Halsbänder und weiße Ringe machen.*

41. Eine unangenehme Frage

Bei einem ihrer immer selteneren Besuche platzte die Schulfreundin aus dem Gymnasium heraus *wie konnte er sich ausgerechnet für dich erwärmen?* Batseba wurde kreidebleich, das war kein Thema, das sie in diesem Augenblick behandeln wollte, sie rettete sich aus der Klemme, indem sie Davids Nummer wählte, *entschuldige, mein Herz, dass ich dich bei der Arbeit störe, aber sag mir doch, was an mir dich angesprochen hat*, David sagte *ich weiß nicht, ob du dich daran erinnerst, aber einmal warst du mit einer Freundin im Café, als du eintratst, sagte ich mir, seht nur, wie sie geht, wie sie den Boden berührt, die Sterne staunen, wer staunt über die Sterne. He he he. – Ha ha ha. – Und dann, meine Liebe, habt ihr ein intellektuelles Gespräch geführt, ich saß in der Nähe, und jetzt entschuldige, ich muss auflegen.*

Aha, sagte die Schulfreundin, *also hat er sich für dich entschieden, weil er schöne Kinder will.* Batseba wurde kreidebleich und dachte, dass sie sie, obwohl sie BFFs waren, schon von jeher auf ihre Art hasste.

42. Das schlechte Gewissen

Dennoch, trotz allem, wie man es auch dreht und wendet, quälte es sie unbändig, es glomm herb, brannte wie Kalk. Nicht das Vermissen, denn Urija sah sie etwa genauso oft wie zu seinen Lebzeiten, nicht das Vermissen: die Mathematik. Logik. Berechnung und vor allem – das Resultat. Aber was geschehen ist, kann man nicht ungeschehen, ungetan, ungerufen machen. Außerdem war das Volk skeptisch und argwöhnisch, sie spürte das bei jedem Schritt, und auch wenn sie es nicht gespürt hätte, wurde ihr der Hass in diversen Foren und Kommentaren unter Online-Artikeln am Tablett serviert.

Sie betrachtete ihren zweiten Ehering: Er war giftig süß. Sie stürzte aus der Tür, rannte, rannte. Die Sicherheitskräfte hinter ihr her, überrascht, unvorbereitet.

43. Das Porträt des Königspaars

Sie waren pünktlich auf die Minute, was ihnen ausgesprochen gefiel, Stative und Scheinwerfer und Reflektoren zur Lichtstreuung wurden aufgestellt, doch bevor mit dem Fotografieren begonnen wurde, merkte die Journalistin an, dass die Bücher in den Regalen neu geordnet werden sollten *erlauben Sie mir die Bemerkung, wir möchten Sie unseren Lesern in einer ungezwungenen Atmosphäre vorstellen, in Ihrer Privatsphäre, und es würde meiner bescheidenen Meinung nach helfen, wenn die Bücher nicht so, so genau geordnet wären, der Größe nach – oh, wenn bei mir zu Hause alles so picobello wäre –, jedes Detail, wissen Sie, erzählt eine Geschichte, und wenn wir Heimeligkeit vermitteln wollen …* Noch bevor sie ihren Gedanken zu Ende geführt hatte, bedeutete ihr David, sie solle die Bücher nach ihrem Gutdünken ordnen. Batseba aber war wegen zweier Dinge innerlich zerrissen: Weil Bücher nicht mehr und nicht weniger als – geordnet sein mussten, und weil sie es nicht ertrug, dass fremde Menschen ihre Sachen anfassten. Und Batseba widersprach dem König nicht vor fremden Menschen.

Sympathisch, merkte Batseba bei Erscheinen der Zeitschrift an (die Bücher waren auf den Fotos nicht zu sehen). *Mhm, mhm*, pflichtete ihr der König bei. Doch auf keinem der Fotos war auch nur ein Schatten von Batsebas schlechter Laune zu sehen. Ihre Majestäten sahen glamourös und ungezwungen aus, die Leser kauften die Geschichte aus irgendeinem Grund ab, ein Foto lügt nicht.

44. Das Abendessen mit dem Gast

Ein vornehmer und extrem charmanter Herr kam zu Besuch, ein Baron, ohne Begleitung. Sie saßen gemeinsam zu Tisch, die Diener führten ihre Choreografie noch eleganter aus als sonst – sich von links zum Gast neigen, mit der linken behandschuhten Hand nach dem Teller greifen, ihn mit einer kreisförmigen Bewegung fortnehmen (Kontrapost, das Gewicht auf dem linken Bein), sich von rechts neigen (Kontrapost, das Gewicht auf dem rechten Bein), mit einer kreisförmigen Bewegung mit der rechten Hand den nächsten Gang vor den Gast hinstellen, zum Beispiel ein zartes und weiches Steak, zwei Finger dick, sieben Minuten gebraten, innen rosa, dazu ein kurz gekochtes, kleines Gemüsenest. Die Augen des Barons blieben auf keiner Bewegung haften, obwohl er den Tanz beobachtete, sogar recht aufmerksam, wie er auch mit abwesendem Blick die handschriftlich verfasste Speisekarte mit dem Familienwappen des Gastgebers, Tuschfarbe und Vergoldung – wie Initialen im Missale Romanum – taxierte. Der Baron trank Rotwein, machte weiter, wo er eben begonnen hatte *um dieses Buch nicht auf dem Tisch meines Zimmers zu lassen, habe ich mit einem gewissen Kraftaufwand die Schublade geöffnet, es hineingelegt und bis ganz nach hinten geschoben. Es stieß gegen irgendetwas, denn die Schublade selbst war nicht von geringer Tiefe.*

Ein Dolch, dachte Batseba, *ein Dolch, eine blutige Klinge.*

Ein Manuskript, dachte David, *vielleicht eine verschollene Schrift Aristoteles.*

45. Der Hochzeitstag

Die Erde drehte eine ganze Runde, sie feierten ihren ersten Hochzeitstag. Er schlug vor, dass sie durch die Hintertür schlüpften und zu einem Weiher fuhren, *der Mond ist voll, der Sommer hoch, Erntezeit, die silberne Orange heute Nacht so nah und so groß, der*

Abend so warm und honigsüß, komm, lass uns schwimmen, sie hatten nicht einmal Handtücher mit. Das Plantschen, Berühren, Küssen und so weiter war gänzlich unvergleichbar mit dem Plantschen, Berühren, Küssen und so weiter im Jacuzzi, den sie im Palast zur Verfügung hatten, so wie der Schaumwein in den Kristallgläsern, das Licht der Lampions und romantische Musik, gänzlich und absolut unvergleichbar.

46. Batsebas neue Betätigung

Als sie dem Fliehen und Toben Systematik beimengte, wurden sie zu körperlicher Aktivität, zu Training, sie wurden zum Laufen. Sie deckte sich mit allerhand Literatur und Herzschlagmessgeräten, mehreren Paaren Laufschuhen und Socken, zahlreichen Shirts und BHs, die sie kaum füllen konnte, Trikots, Brillen und Schildmützen ein. Trendy oder nicht, Laufen bringt Respekt ein, denn dabei ist der Körper das Mittel zur Hebung des Geistes, und ein hoch über das Grau erhobener Geist ist einfach wow.

47. Eine von Batsebas Begabungen

Er lag auf dem Bauch, mit dem Gesicht im Kopfloch des Massagetischs, quasi blind. Das Rezept, nach dem David häufig sein Massageöl mischen ließ: als Basis kalt gepresstes Traubenkernöl vermengt mit ein paar Tropfen ätherischer Öle, gewonnen durch Kältedestillation, Vetiver, Lavendel, Grapefruit.

Die Physiotherapeutin war gerade mitten in der Massage, als Batseba die Tür einen Spaltbreit öffnete, sie bedeutete ihr, für die Bearbeitung der königlichen Schultern unauffällig mit ihr Platz zu tauschen. Als sie allein waren, ließ Batseba ihre Hände tiefer von den Lenden rutschen, massierte seine Arschmuskeln, verlangsamte den Rhythmus ihrer Bewegungen und widmete sich umfassend dem Bereich um die Analöffnung (der König spreizte dabei sogar ein Wenig die Beine und hob die Hüften leicht an), sie strich mit kreisenden Daumenbewegungen darum herum, bis sie aus ihrer Tasche eine geschälte und zurechtgeschnitzte Ingwerknolle hervorzog und in das königliche Arschloch steckte, der feuchte Ingwer rutschte durch den Ring, wo die Behaarung endet und die Haut seidiger wird, wo das Außen aufhört und das Innen beginnt, wo es nicht mehr *draußen* ist, sondern *drinnen*, und dort *drinnen* ist Schluss mit lustig, wenn man drückt, brennt es, und weil es brennt, kann man nicht anders als drücken, und als er begriff, dass Batseba ihm keinen Finger in den Darmausgang gesteckt hatte, sondern irgendein seltsames Teufelszeug, wollte er aufstehen, sich umdrehen, nachsehen, widersprechen, doch sie gab ihm einen Klaps auf den Hintern, sodass er lieber Ruhe gab und locker ließ und wartete und horchte, was passierte, und es fing an, ihm zu gefallen: und das Gefühl und die Aufregung und das Hartwerden und der immer stärkere Wunsch; nach ein paar Minuten drehte er sich um, zog Batseba zu sich und zog sie Kuss für Kuss, Biss für Biss aus, setzte sie dann unter sich, später auf sich, nach einer Weile lehnte er sie irgendwo dagegen, dann wieder von der Seite, und er drehte sie zuerst so und dann wieder so. Und sie hörten sich selbst dabei zu, welche finsteren Tierlaute aus ihren Kehlen drangen.

48. Batseba will nicht über sich sprechen

In der Arbeit gestand ihr ihr Chef drucksend, dass er selbst auch ein bisschen laufe. Ob sie denn einen Tipp für ihn habe, ein spezielles Trainingssystem zum Beispiel. *Ach*, schmälerte sie ihre Aktivität (was geht ihn das an?!), *ich trimme mich eigentlich nur ein bisschen, nur so für mich selbst, zum Spaß*. Er sagte, dass er das nicht schaffen würde, dass er zu ergebnisorientiert sei, zu gewinnsüchtig. Würde er sich nicht auf den Laufstrecken schinden, würde er wahrscheinlich Löwen auf Safaris schießen.

49. Batseba war die Erste

Eines Nachts fragte sie ihn, ob sie die Erste war (*du weißt schon, was ich meine*). *Die Erste,* nickte er.

50. Ein verewigter Augenblick der Intimität

Sie begleitete ihn auf Staatsbesuchen und bewies der Welt, wie sie, eine Frau aus dem Volk, die Etikette beherrschte, als hätte sie sie mit der Muttermilch aufgesogen. Niemals auch nur der kleinste Schnitzer, bei einem Besuch der östlichen Provinzen, während eines offiziellen Banketts, war sie mit den Gedanken kurz wieder bei dem Moment, als sie das Pflänzchen in Davids warmen Enddarm getaucht hatte. Sie streifte ihn mit einem verträumten Blick, *nur für einen Blick*, ihr Handrücken berührte seinen, sie verflocht ihre Finger kaum merklich mit seinen, er erwiderte ihren warmen Blick, es dauerte nicht einmal eine halbe Sekunde – doch genau in diesem Moment öffnete sich die Blende, der Fotoapparat klickte und diese zarte Intimität Ihrer Majestäten war verewigt. Zahlreiche Zeitungen druckten die Szene auf ihre Titelblätter: dieses feine Gefühl von David und Batseba, ihnen gegenüber der General mit seiner mit Orden behängten Brust, und der Bischof mit dem großen goldenen Kreuz um den Hals, und schließlich der Wirtschaftsminister, wie er seinen Teller mit Kanapees belädt. Dieses Foto bekam auf Instagram und Facebook unheimlich viele Likes und wurde unzählige Male geteilt und retweetet. Das Volk, das der Auserwählten des Königs bis dahin skeptisch gegenübergestanden hatte, nahm sie in sein Herz auf und war ihr bedingungslos zugetan. (Der Fotograf machte sich einen Namen, er bekam bessere Aufträge und höhere Honorare.)

Als Batseba das Foto sah, zuckte sie innerlich kurz zusammen, denn sie wusste genau, woran sie bei diesem Blick gedacht hatte.

Sie überlegte, ihm am Abend wieder eine süße Überraschung zu bereiten. Sie ging laufen, danach war sie zu müde, um weiter zu überlegen, geschweige denn es durchzuführen.

51. Ein Blick auf die Gnade

David betrat die Terrasse, wie er das zwischen zwei Besprechungen gerne tat, stopfte seine Maiskolbenpfeife, blies den Rauch in den Himmel, blickte hinunter in den Park, irgendetwas raschelte in der Eberesche. *Oh, ein Kleiber*, sagte er, sah sich um, schmunzelte, *zwei, ein Paar*. Hier trieben sich regelmäßig Spatzen, Finken und Meisen herum, und jetzt, *halleluja*, auch Kleiber. Sein Herz ging über vor Freude, er dankte Gott für diesen kleinen Akt der Gnade.

(Wegen der Pfeife: Er war stolz auf seine Bruyère- und Meerschaumpfeifensammlung, aber Maiskolbenpfeifen rauchte er mit besonderem Gusto und Sentiment. Sie erinnerten ihn an seinen ersten Studentenjob, als er an Sauls Hof Tennisbälle und Pfeile aufsammeln musste. Jonatan und er schnippelten an jeder nur erdenklichen Botanik herum, er hatte ihm auch beigebracht, Maispfeifen zu bauen, sie höhlten die Kolben aus und bohrten darin herum und steckten hohle Bambusrohre hinein, kinderleicht, sie freuten sich des Lebens und kifften, als wären sie die Größten.

Und noch was: Diese Pfeife war schlicht ausgezeichnet, porös auf der Oberfläche, Luft und Feuchtigkeit drangen einfach in den Kolben ein und traten wieder aus, und sie überhitzte auch nicht. Ein dankbares kleines Teil.)

52. Batseba erschwert ihre körperliche Betätigung

Sie schlüpfte ein wenig erschöpft unter die Dusche, aber diese Form der Müdigkeit gab ihr den Antrieb, zwölf Kilometer hinter sich zu haben, wenn der Tag erst anbrach, wenn sich das Volk noch den Schlaf aus den Augenwinkeln rieb, wenn die ersten Kaffees gekocht wurden und die Buttercroissants noch warm waren. Auf dem Weg ins Badezimmer sah sie David über die Tageszeitungen gebeugt, ein ansehnlicher Stapel, manchmal seufzte sie *der arme König, sein Tag beginnt mit der Nachricht, dass die Menschen Hundlinge sind und es nichts Neues unter der Sonne gibt* und sie nickte *Mhm, auch das ist Ausdauer und bittere Anstrengung, sein Wissen über die Stadt und die Welt auf den neuesten Stand zu bringen, damit man auf ununterbrochener, fast schon ungezwungener Hut sein kann, mhm,* ihre Muskeln bebten und ihr Herz schnurrte. Viele Wochen, eigentlich mehrere Monate lang wusste sie nicht, dass David nach der Lektüre der Zeitungen in den Luftschutzkeller ging, wo er einen Fitnessraum hatte, um Taekwondo zu trainieren wie ein Verrückter, dass sich seine Gesichtszüge dabei veränderten, denn er nahm diese koreanische Sache todernst, er schnitt die Luft mit seinen Gliedmaßen, drosch auf den Trainer ein und der auf ihn, sie warfen sich zu Boden und sprangen wieder auf, loteten aus, wo es gefährlich wurde und verteidigten sich, tanzten und man könnte sagen plauderten mit aufgeladenen Körpern, schlagen und brechen, hauen und stechen. Ab dem Tag, an dem sie es erfuhr (David hob die Brauen *du wusstest es wirklich nicht?!*), schnallte sie sich beim Laufen ab und zu eine Art Fallschirm um: Wenn sie nach links lief, öffnete er sich hinter ihrem Rücken und zog sie beharrlich nach rechts, sie schnaufte stur durch den Hunger und das Leid in ein besseres Leben.

53. Batseba bestraft sich für einen Gedanken, der der Kontrolle entging

Urija hatte ein hübsches Grab, aber nur selten zündete jemand dort eine Kerze an oder brachte frische Blumen. Ein ewiges strombetriebenes Licht flackerte vor der Inschrift auf schwarzem

Granit. *Ah, es gibt keinen Tod, keinen Tod. Nur die Stille ist zu tief.* (Bevor sie sich dafür entschieden hatte, hatte sie kurz überlegt, *dein Opfer war nicht umsonst* einmeißeln zu lassen, zur Strafe klopfte sie sich mit dem Lineal auf die Finger.)

54. Ad aspera per astra

Schon in den ersten Monaten ihres Zusammenlebens war sie Zeugin von Wundern. Er konnte alles, wirklich alles, den Abfluss reinigen, Hemden stärken, Fliesen legen, die Kühlschranktür, die sich nach links öffnete, so ummontieren, dass sie sich nach rechts öffnete, er konnte auch mit bloßen Händen einen Fisch fangen, ein Huhn rupfen, stricken und Seife aus Asche und Schweinefett herstellen, er wusste, bei welchem Mond man Bäume fällen und Schweine schlachten musste, eines Abends sagte er *was staunst du so, wenn ein Hirte König wird, muss er nun mal ein paar Dinge können*, ihr schoss kurz durch den Kopf, dass es für die zukünftige Frau des Königs genügte, den König verführen zu können und die Unverfrorenheit zu besitzen, ihren Mann in den Tod zu treiben, er sah, dass sich ein Schatten über ihr Gesicht legte, er küsste ihren Hals und gurrte *wusstest du, dass ich auch Franc Kangler nachmachen kann?* Er machte ihn ganz hervorragend nach, wegen Davids Imitationen und der Flasche Rotwein bogen sie sich den ganzen Abend vor Lachen.

55. David schenkt Batseba teure Gegenstände

Zum zweiten Hochzeitstag schenkte er ihre einen Hummer-Geländewagen.

56. Der König dient dem Volk

Sie nahm nur Urlaub, um ihm bei der Arbeit zuzusehen, vor Mittag (die Nachricht, dass sie schon wieder eine Fehlgeburt gehabt hatte, wollte sie noch ein, zwei Tage für sich behalten), der Kabinettschef war ungehalten, *sind Sie verabredet*, fragte er. *Nein*, sagte sie, *verheiratet*, der Kabinettschef fand das nicht zum Lachen, er fasste zusammen *Sie kommen also unangekündigt, wenn Sie möchten, setze ich Sie auf den Terminplan, hm, vor Mittwoch ist nichts frei. – Und was ist mit Mittagessen, hat er Zeit dafür? – Tut mir leid.*

Im selben Moment, als sie das Empfangszimmer verließ, fällte David mit seinen Beratern und Generälen einen endgültigen Beschluss bezüglich Wien: Sie werden es niedermähen, dem König die Krone vom Kopf reißen und sie auf Davids Kopf setzen, das Blut wird in Strömen fließen, Männer werden sterben, deren Hinterbliebene werden trauern, Generationen werden sich noch schmerzvoll daran erinnern, doch Menschen, die nicht andere metzeln, metzeln sich gegenseitig ab, wusste der König und tat, was er tun musste, denn seine Macht war ihm von oben gegeben worden und ihm war bewusst, worauf er sich einließ, denn er sagte zur Menschenmenge *ich diene.*

Bevor sie die Tür des Empfangszimmers hinter sich schloss, blickte sie flüchtig zur Wand, wo sich in einem robusten Eichenholzrahmen hinter gehärtetem Glas Davids größtes Heiligtum befand (es war so: Kurz nach der Hochzeit hatte David Batseba den ganzen Palast gezeigt, er brachte sie auch in den Staatsflügel, in sein Büro, im Empfangszimmer zeigte er auf ein Stück Stoff in der Eichenvitrine *schau, das ist mein größtes Heiligtum, meine Anleitung und ewige Ermahnung*, Batseba hauchte *Aaah, das ist also dieses berühmte Stückchen von Sauls Mantel aus der Wüste von En-Gedi*, doch sie dachte *Ich hätte gedacht, seine größte Kostbarkeit sei diese Steinschleuder, ach, wie groß mein Mann doch ist)* und zwinkerte ihm zu. Dann ging sie in ein nahes Café, in jenes Café, in dem es türkischen Kaffee gab, der in einer Kupferkanne serviert wurde, sie schlug die Zeitung auf, übersprang die ersten Seiten, die von Davids erfolgreicher Kriegsstrategie berichteten, hielt bei den Kulturseiten inne, las ein Interview mit Maruša Majer.

57. Batsebas leerer Schoß

Sie liebte es zu fahren, im Geländewagen fühlte sie sich großartig, sie machte eine Spritztour in der prachtvollen Herbstsonne, fuhr stundenlang über Berge und Täler, erreichte die Hütte, spazierte gut eine Stunde durch den Buchenwald, bis sie das bitterliche und herzzerreißende Wimmern eines Tiers hörte. Sie folgte den Lauten, kroch durchs Gebüsch, die Kratzer waren ihr egal, auch jene, aus denen Blut sickerte, das Heulen wurde immer deutlicher, irgendwo hinter dem Bach verzweifelte ein Hundewelpe, ein äußerst unansehnlicher Köter, dreckverschmiert, *Was ist los, mein Schatz, will dich etwa keiner?* Sie schloss ihn umgehend ins Herz und wusste, dass sie dieses struppige Wesen für alle Ewigkeit lieben würde, sie nahm ihn in den Arm und ging mit ihm in Richtung Hütte (er leckte ihr die ganze Zeit über Hals und Kinn), doch als sie schon fast am Ziel war, begegnete sie einer Frau und einem Mann, sie beschleunigten ihren Schritt, als sie sie mit dem Hündchen sahen, und riefen *Sie haben ihn gefunden, Sie haben ihn gefunden, ach, wir haben uns solche Sorgen gemacht!*

Noch bevor sie in der Hütte ihre Stiefel auszog und sich vor den Kamin legte, öffnete sie eine Flasche Blaufränkisch und sagte *ach was, das ist nichts, das ist nichts,* hob die Flasche zum Mund, schüttelte ihr Haar und zog erst dann ihre Stiefel aus und nahm ein langstieliges Glas aus der Vitrine, schenkte ein, trank aus, mehrmals. Nach ein paar Stunden stand es schlecht um sie, darum stützte sie der, der ununterbrochen ein Auge auf sie haben musste, dabei allerdings unsichtbar zu sein hatte, auf seine Schultern, ging mit ihr an der frischen Luft spazieren, plötzlich blieb Batseba stehen, sagte zu ihm *wussten Sie eigentlich, dass Tesla den drahtlosen Strom erfunden hat*, der Rest war unverständlich. Wie anstrengend sie an diesem Abend war und auch, dass sie ihn vollkotzte, nahm er mit Verständnis auf, er ahnte nämlich, dass die Traurigkeit in ihrem Herzen nicht vom Hund herrührte.

58. Die Kolleginnen

Vor einiger Zeit hatte sie mit vier anderen im Büro zusammengesessen, es gab also drei mit braunen Augen und zwei Blauäugige, drei mit langen, eine mit kurzen und eine mit halblangen Haaren, zwei waren mittelgroß, drei ziemlich groß, eine hatte Locken, eine gewelltes Haar, drei gerades, zwei trugen Lesebrillen, eine Brillen mit Zylindern, eine Kontaktlinsen gegen Kurzsichtigkeit, vier trugen auch nach der Arbeit hochhackige Schuhe, zusammen hatten sie dreihundertvierundzwanzig Kilo und sieben Kinder und waren fünfmal verheiratet, einmal geschieden, einmal verwitwet, ihre Sternzeichen waren Jungfrau, Skorpion, Steinbock und zweimal Fische, zwei waren in der Sade-Sati-Periode, ihre Lieblingssportarten waren Pilates, Laufen und Yoga, Fußball fanden sie idiotisch, mit einer Ausnahme. Dann bekam Batseba ein eigenes Büro.

59. Ein Blick auf die Furcht

Nachdem sich der Rauch auf dem Schlachtfeld gelegt hatte, die Nachkriegsliquidierungen absolviert waren, neue Landkarten gezeichnet worden waren und sich das Leben auf dem angeschlossenen Gebiet stabilisiert hatte, nahmen sie sich eine Woche Zeit für sich, für einen gemeinsamen Adrenalinurlaub im erweiterten Teil der Heimat, sie zischten auf Stahlseilen über Tiefen, sprangen ins Leere, schaukelten auf der Riesenschaukel, machten eine Canyoning-Tour, rafteten und sprangen mit dem Fallschirm, und schließlich brachte man sie noch in eine unterirdische Höhle, was sie ganz besonders toll fanden, denn die übrigen Abenteuer kannten sie schon, in den nichttouristischen Teil des Untergrunds aber krochen sie beide zum ersten Mal. Mit einer richtigen Höhlenforscherausrüstung, in Kautschukoveralls, Gummistiefeln, Handschuhen, mit einem Helm mit Lampe, beschritten sie Gänge, schlurften durch Schlamm, kletterten auf Wände mit rar gesäten Griffen und quetschten sich durch Nadelöhre, nach einem geschafften halben Kilometer irgendwo in der Tiefe eröffnete sich ihnen hinter einem Spalt ein wunderschöner Saal mit Sintervorhängen und einem See, sie staunten, seufzten angesichts der Schaffenskraft langsamer Jahrtausende. Die Stille wurde vom Höhlenführer unterbrochen, er sagte, sie sollen ihre Lampen abdrehen, jeder Einzelne von ihnen, damit sie am eigenen Leib erfahren, was Dunkelheit ist. Und sie taten es.

Stille und Dunkelheit waren noch nie zuvor so unerbittlich präsent gewesen. David schaffte es ohne die geringste Regung, und ob er schon wanderte im finstern Tal, hätte er kein Unglück gefürchtet, Batseba aber spürte in diesen kurzen Augenblicken gelöschten Lichts die Reißzähne des Grauens, sie erstarrte, wollte schreien, doch ihre Kehle war wie zugeschnürt, sie wollte mit den Händen nach der nächsten Person greifen, doch sie blieben starr, sie hatte das Gefühl, dass sie niemanden ertasten würden, dass sie unwiderruflich allein auf dieser leeren Welt geblieben war, lebendig begraben, von den Menschen verstoßen, grausam bestraft.

So, und jetzt schalten wir die Lampen wieder ein, sagte der Höhlenforscher, *wie war diese Erfahrung für Sie?* Davids Kommentar war auf dem Niveau eines Verses, Batseba aber blickte zur Seite, als ginge sie die Frage nichts an, für das dünne Scheibchen eines Moments traf ihr Blick den des Leibwächters und bohrte das Unbegreifliche in ihn hinein – dass sich ein Mensch *so* fürchten, dass ihn *so* ein Grauen packen konnte, dass er *solche* Hilflosigkeit nicht mit hundert Leben abwehren könnte.

60. Die Ethik des Anderen

In jenen Tagen waren Gentlemen's Clubs sehr beliebt, in jenem den Boas vor Jahren gegründet hatte und wo David die Mitgliedschaft auch ein bisschen als Tradition begriff, vor allem aber als eine Frage von Noblesse und Ehre, fanden die Treffen jeden ersten und dritten Dienstag im Monat statt, wofür ein elitäres Café im Westen der Stadt gepachtet wurde, jeden zweiten Dienstag im Monat gab es also Diskussionszirkel zu unterschiedlichen Themen, und weil David Berufliches und Privates streng voneinander trennte und vernünftig abgrenzen konnte, gab er sich nachmittags und wochenends der Nahrung für Geist und Seele hin und legte sämtliche Staatsangelegenheiten unterdessen auf Eis, doch in der Früh steigerte er sich während der morgendlichen Erleichterung wieder hinein. Egal, was er las, er war mit den Gedanken voll und ganz beim Diskurs, voll und ganz, auch und besonders dann, wenn sich ein gewisser junger Bursche unter ihnen befand, ein Student an der Königlichen Musikakademie, er eröffnete ein neues Thema: der Schmetterlingseffekt in Anknüpfung an die Ethik des Anderen von Emanuelis Levinas. Und alle, die dem jungen Mann zuhörten, waren ob seiner Klugheit und seiner Thesen völlig außer sich. Auch David, voll und ganz mental engagiert, voll und ganz, staunte nicht schlecht, vor allem aber bohrte sich der Stachel der Debatte tief in sein Herz, wo er im Latenzstadium auf seinen großen Tag wartete.

61. Batseba mordete bereits in einem früheren Leben

Bei der Reinkarnationstherapie erfuhr sie, dass sie in einem früheren Leben irgendwo in Mähren gelebt und einen Bruder gehabt hatte, der der Liebling ihres Vaters gewesen war, während er sie nicht einmal beim Namen nannte, egal, was sie tat, sie konnte sein Herz nicht gewinnen, die Tochter und ihre Sehnsucht nach väterlicher Aufmerksamkeit und Liebe blieben für ihn unsichtbar, und darum ging sie mit ihrem Bruder in den Sumpf, brachte ihn mit einem Trick dazu, dass er in den Treibsand watete, sie sah zu, wie er versuchte, sich zu befreien, sie spornte ihn an und hielt ihm morsche Stöcke hin, kreischte und schürte die Panik, und als sie sah, dass ihr Bruder nur noch eine winzig kleine Überlebenschance hatte, lief sie los und holte ihren Vater. Als sie den Ort X erreichten, gab der Bruder kaum noch Lebenszeichen von sich, der Vater aber war wegen der gewaltigen Emotion nicht mehr urteilsfähig, er reagierte und agierte falsch, sodass sie an jenem Tag beide verlor.

Lass dich davon nicht allzu sehr beunruhigen, sagte die Therapeutin beschwichtigend, *wir alle waren in unseren früheren Leben Mörder, alle*, Batseba aber belastete es sehr. Bleiern und brennend.

62. Wenn man nicht gehört wird, wird man nicht akzeptiert

Er legte die Laute beiseite, atmete aus, griff nach dem Zubehör, und auch sie atmete aus und sagte, er solle ihr auch einen drehen, sie kifften auf dem Balkon und waren zunächst still, dann öffneten sie gleichzeitig den Mund und gaben ihren Gedanken eine Stimme, die Satzanfänge kollidierten und vermischten sich, sie mussten lachen. *Du zuerst*, sagte er, und sie entgegnete *nein, nur zu,* David aber war ein König und ein Herr und ein Gentleman, der König und der Herr und der Gentleman gaben der Frau noch einmal den Vortritt und wiederholten *schon in Ordnung, du zuerst.* Batseba lächelte und schwieg kurz, und in dieser Stille gingen der Herr und der Gentleman einfach weg, es blieb nur noch der König, und was der König zu sagen hat, ist wichtig: Er legte los und sprach und hörte nicht zu. Batseba legte zugleich los und schloss den Mund wieder und hörte zu: Doch was sie hörte, war unwichtig für sie und sinnlos. Und was sie zu sagen hatte, war ihr wichtig und schwer auszusprechen und wie sie befürchtet hatte sinnlos, irgendetwas stimmte nämlich nicht mit ihrer Periode, irgendetwas war seltsam, wie soll ich sagen, von anderer Farbe als sonst, anderer Konsistenz, irgendwie sämiger, aber nicht klumpig, irgendwie cremiger, aber nicht zähflüssig, und die Schmerzen, auch anders und viel, viel stärker und länger und die Furcht und ich habe Angst und mache mir Sorgen, all das ging hinunter, die Kehle, in die Bauchhöhle, der König hörte nicht zu.

63. Abigajil zieht in den Nachbarpalast

Sie sah nie zu ihrem einstigen Zuhause hinüber, sie hatte es ad acta gelegt, doch diesmal zogen Bewegungen hinter den Vorhängen ihre Aufmerksamkeit auf sich, ein paar in weiße Overalls gekleidete Typen gingen durch die Wohnung, stiegen auf Leitern und wieder hinunter, trugen Eimer und Rollen aus Papier oder Stoff herum, sie wechselten die Tapeten, das ließ sie nicht kalt, sie hatte sich bei der Auswahl nämlich sehr ins Zeug gelegt, hatte Muster und Materialien mit modernen Interieurtrends abgestimmt, und jetzt sollte das alles verschandelt werden. Draußen parkte ein Umzugswagen, aus dem Möbel geräumt wurden, ihr gefielen die Stühle, es waren höchstwahrscheinlich eigens angefertigte Designerstücke, sie sagte zu David *wir kriegen neue Nachbarn. – Ich weiß,* antwortete er, ohne das Gesicht auch nur ein bisschen zu verziehen, und fügte hinzu *Abigajil, eine wundervolle Frau!*

Der Kaffee nach dem Essen war bitter, der Tag zog sich bis zum Abend qualvoll hin, Batseba schmeckte das Abendessen und so weiter nicht.

64. Abigajil ist eine wertvolle Hilfe

Sie informierte sich über diese wundervolle Neuzugezogene, über ihre Geschichte, sie wollte das Übliche wissen, woher sie kam und was sie so tat, natürlich fragte sie nicht geradeheraus, in welcher Beziehung sie zu ihrem Mann stand. Ihr Vertrauensmann berichtete ihr, dass sie die Witwe eines Grobians und Schufts war, der beim König vor langer Zeit in Ungnade gefallen war, doch seine Frau hatte sich bei der Schlichtung des Streits als äußerst diplomatisch hervorgetan, und so hatte man die Sache mit ihrem Mann erledigt (Klappe zu, Affe tot), und jetzt leitete sie irgendeine humanitäre Hilfsorganisation. Seine Majestät schätze Abigajils außerordentliches Geschäftstalent, sie sei bei so manchen Geschäftsabschlüssen des königlichen Büros behilflich. *Und wieso ist sie in die Offizierswohnung gezogen, steht ihr keine angesehenere Residenz zur Verfügung?* Er zählte ihr die Argumente auf, Batseba aber erkannte an seiner Stimme, dass er bluffte. Diese schlechte Schauspielerei störte sie entsetzlich, sie ging ihr regelrecht auf die Nerven. Doch sie tat, als glaubte sie jede einzelne Silbe, sie runzelte die Stirn *macht nichts, ihre Wohltätigkeit ist bestimmt von immenser Bedeutung, besorgen Sie mir die Kontonummer ihrer Institution, damit ich eine Spende überweise.*

65. Batseba erschwert ihre körperliche Betätigung zusätzlich

Batseba begann, doppelt so viele Kilometer zu laufen: *Er hat sich seine Geliebte vor meiner Nase einquartieren lassen, diese alte, verwelkte Menschheitsretterin, der hat sie doch nicht mehr alle!*

66. Wetteifer

Sie rauchten Shisha und tranken Sahlep, den echten aus Orchideenwurzeln, kein billiges Imitat, Ersteres ein Andenken aus Konstantinopel, Zweiteres ein Geschenk des türkischen Botschafters, sie pafften und schlürften, David sagte, sie könnten Backgammon spielen, Batseba sagte *das kann ich nicht*, David *ich bringe es dir bei*. Nachdem er sie achtmal hintereinander besiegt hatte, und auch davor war es ihr nicht besonders gut von der Hand gegangen, drehte sie das Spielbrett um und sagte *genug Backgammon, jetzt spielen wir Schach.* David warnte sie, dass er im Schach noch besser sei, doch sie setzte ihn in zweiundvierzig Zügen matt. Er verlor einmal, Revanche, er verlor ein zweites und dann ein drittes Mal, Batseba versetzte das in viel bessere Laune, David aber kochte innerlich, er sagte zu ihr *ich habe noch nie dreimal hintereinander gegen jemanden verloren*, Batseba wusste, wie ihm zumute war, es amüsierte sie, sie warf gönnerhaft ein *aber die anderen mussten manierlich sein und dich gewinnen lassen, ich aber liebe dich.*

67. Ein Blick auf die Gnade II

Als er aufwachte und zum Himmel sah, war dieser so schwarz, dass er violett schien. Als er während der Besprechung mit dem Premier aus dem Fenster blickte, leuchtete am Himmel ein heller

Fleck auf, die Wolken rissen auf. Er murmelte in sich hinein *gepriesen bist du, Schöpfer der Welt.*

68. David beschuldigt Batseba

Eines Nachmittags nach dem Essen erwähnte er ihr gegenüber Abigajil, *eine weise Frau,* lobte er sie, *und ich war kurz davor, ihren Ehemann eigenhändig zu vierteilen wie Matija Gubec.* Er erklärte ihr alles bis ins allerletzte Detail. *Abigajil ist ein ganz gewöhnliches Klatschmaul, Liebster, sie sollte nicht schlecht von ihrem eigenen Mann sprechen und scheinheilig tun, ich, mein Geliebter, würde so etwas niemals tun. Niemals! – Aber meine Liebe, haben Sie vergessen*

Es folgte eine Pause, eine kurze Kürzestpause, ein bekanntes Maß, das, das Siezen und der spöttische Blick, der einen auf kindlich unschuldig machte, ließ ihr das Blut ins Gesicht steigen.

Was! – Dass ihr eigener geliebter Ehemann, ihr Mann höchstpersönlich, mit dem Finger auf ihre ambitionierte Taktik zeigte, unfassbar! Und dabei auch noch diese Schlampe, diese Hure lobte! Sie ging in ihr Zimmer, nahm ein Messer (ein Messer, ein Messer in ihrem Zimmer, in der Schublade, keine Damenpistole auf dem Frisiertisch, kein Baseballschläger unter dem Bett, ein Messer, ein Messer), setzte es an und schnitt in ihre Haut. Nein, stimmt nicht, sie schnitt nicht hinein. Die Schnittwunde war nicht zu sehen, die Haut der First Lady durfte nicht verunstaltet sein, nicht auf solche Weise, es würde publik werden, das Parlament würde die Köpfe zusammenstecken, dem König sagen *es läuft jetzt so – Scheidung oder Abdankung,* also weg mit dem Messer, fort, zurück in die Schublade, sie stürmte die Stiege hinauf und warf sich hinunter, hinunter.

69. Batseba erklärt ihre Verletzungen

Ich bin ausgerutscht.

70. »Lächeln!«

Mit blauen Flecken und gebrochenen Rippen träumte Batseba *ah eine Sache wünsche ich mir wirklich, wenn du schon fragst, nächster Monat spielen Teho Teardo und Blixa Bargeld ein Konzert, ja, dort möchte ich hin, das wünsche ich mir.* David hörte, was er hörte, verstand, was er verstand, im Morgengrauen ihres Geburtstages spielte er unter ihrem Fenster den Text des Liedes Come Up And See Me mit der Melodie Hinde der Morgenröte und, wie es sich für wehmütige Balladen gehört, mit einem tiefen, samtenen Wimmern im Refrain. Er weckte sie auf, sie sah aus dem Fenster, die Untertanen zogen die Vorhänge zurück und schlichen auf die Balkone, *oh, wie schön, seht nur, unser König beherrscht auch Streichinstrumente, da steht der Gesalbte*, sie konnten sich nicht beherrschen, sie klatschten in die Hände vor Rührseligkeit, Batseba wurde also von dröhnendem Applaus vollends aus ihrer Trägheit gerissen, David strahlte und schmunzelte, steckte sich eine Rose zwischen die schneeweißen Zähne, verbeugte sich, sagte *alles Gute, meine Liebe*, und warf die Rose hoch zu ihrem Fenster, Batseba war perplex, dem Plebs rannen Tränen der Rührung über die Wangen: *Wie sehr er sie doch liebt.* Batseba schlug das Herz bis zum Hals, sie sagte sich *wenn der Mensch viel lächelt, überträgt sich das Lachen in sein Inneres, wo es sich einnistet und Junge kriegt, eine neue Brut, und so wird der Mensch glücklicher, lächeln, Batseba, lächeln.* Doch die Tränen flossen, die Weisen wissen, was es damit auf sich hat.

Siehe, da war es ein Traum!

71. Batsebas Imperativ des Laufens

Hätte ich mehr Zeit, würde ich mit Vergnügen am Herd stehen, Kochen lag mir schon immer am Herzen. Hätte ich dieses Amt nicht inne, würde ich eine Restaurantkette eröffnen, wer von meinen Tellern äße, würde sich alle zehn Finger ablecken, scherzte David manchmal. Er kochte überhaupt nicht gerne, ging nur gerne gut essen. Und trotzdem machte er der armen Batseba eigenhändig eine Einbrennsuppe, mhmmm, wie sie duftete, doch als er die Tür zu ihrem Zimmer öffnete, fiel ihm die Suppenschüssel zu Boden – die geschundene Liebe lag nicht im Bett, sondern trat in die Pedale des Hometrainers, während ihr vor lauter Schmerzen riesige Tränen die Wangen hinunterrannen. *Ich war heute noch nicht laufen*, rechtfertigte sie sich.

72. Batseba kontrolliert die Wut

Batsebas Schulfreundin aus dem Gymnasium taxierte ihre Locken und rief (ein Ausruf der Freude) *sieh nur, ein graues Haar! Jetzt warte doch kurz, da, bitte, siehst du?* Batseba fühlte etwas in sich aufsteigen, so etwas wie den Zorn des Gerechten. Sie war so schockiert, dass sie sie am liebsten ungespitzt in den Boden gerammt, sie in den Dreck geworfen, ihren Kopf unter Wasser gehalten hätte. Sie färbte sich doch die Haare, und zwar mit pflanzlichen Farben, gepanscht nach einer ayurvedischen Rezeptur, ohne synthetischen Müll, aus handgepflückten Pflanzen, hergestellt ohne Tierversuche und gehandelt nach dem Fairtrade-Prinzip, alles total großartig und gottgefällig, und die Farbe wirkte natürlich, nicht wie ein Helm, auf den grauen Haaren waren die Nuancen nun mal etwas heller, aber dass auf ihrem Kopf graue Strähnen glänzten, stimmte einfach nie und nimmer! Sie verbarg ihn lammfromm, den Zorn. Sie versuchte sachlich zu überlegen. *Es handelt sich um das Nicht-Annehmen* meines *Alterns, es handelt sich um das Nicht-Annehmen von* mir *als solche, akzeptiert meine ehemalige Schulfreundin ihre* eigenen *grauen Haare etwa nicht, ihr* eigenes *Altern, das* Altern *als solches? Sie färbt sich schon seit mindestens zehn Jahren die Haare, und was, wenn sie ein graues findet – reißt sie es aus?* (Die Sache mit der Sachlichkeit lief nicht besonders gut.) *Das Frauenzimmer hält das Altern ihrer Person wahrscheinlich für Austrocknung* (brannte es in ihr), *denn in den letzten Jahren hat sie es nur geschafft, mit einem verheirateten Ithaker zu schlafen und mit einem Lazaristen, da hätte sie es genauso gut mit niemandem tun können, pff, was für eine jämmerliche Person, was für ein untertäniger Einfaltspinsel.*

Batseba verbarg ihre Wut, wechselte das Gesprächsthema und lud sie auf eine Prekmurska gibanica ein. *Iss nur*, sagte sie zu sich, *iss nur, und möge es sich dir an den Hüften ansetzen!*

73. Batseba kontrolliert die Gereiztheit

Sie konnte nicht in Ruhe lesen, weil David um sie herumscharwenzelte und vor sich hin sang *Herr, wohin, wohin sollen wir gehen.* Sie hätte ihm am liebsten ihr Buch an den Kopf geworfen. *David*, schnurrte sie, *komm, leck mich.*

74. Batseba kontrolliert die Verschwendungssucht

David, wir müssen nicht jedes Mal erster Klasse reisen, ganz realistisch betrachtet ist der Unterschied zwischen erster Klasse und Economy verschwindend gering, quasi inexistent. – Du täuschst dich, meine Liebe, du bist so zierlich, du merkst keinen Unterschied, ich aber brauche genug Platz, genug Luft (wie dieses Lied: Luft, viel Luft, und Landschaft etc.), *ich brauche das.* Du und deine Wampe, dachte sie, sagte aber nichts, vielleicht aus Dankbarkeit, dass er ihr nur ruhig, obwohl mit Zynismus gewürzt, eine Abfuhr erteilt hatte, er hätte zu toben beginnen können, dass er sehr wohl wisse, wie sie die Ersparnis nutzen würde, dass sie sich erst mal diese Reisetasche aus Rindsleder kaufen würde, die sie sich so sehnlich wünschte, wogegen er im Grunde nichts hatte, doch dann würde sie erst so richtig loslegen, sie würde sich eine Serum-Foundation kaufen, flüssigen Eyeliner und Lidschatten für Smokey Eyes, falsche Wimpern, die sie nie tragen würde, ein Parfum, an dem sie nur am Teststreifen riechen und das sie nie auf der Haut ausprobieren würde, was seiner Meinung nach unerhört war, sich ein Parfum um hundert Euro (der Einkommensunterschied) zu kaufen, ohne es korrekt auszuprobieren, ist pöbelhaft, ihrer Person ganz und gar unangemessen, mehr noch, der wahllose Parfumkauf wäre erst der Anfang, sie würde Artikel in den Einkaufskorb werfen und sein Geld beim Fenster hinaus, ein Vielfaches des Preisunterschieds zwischen erster Klasse und Economy, beachtlich und wesentlich höher, bis die letzte Drogerie schließen müsste, er wisse das sehr wohl, schließlich und endlich kenne er seine Frau. (In Wirklichkeit dachte David nicht so und hätte niemals so reagiert, das war alles nur in Batsebas Kopf, seit dem Fingerzeig auf das Corpus Delicti betrachtete sie ihre Beziehung sehr argwöhnisch.) Vielleicht war das der Grund für ihre Dankbarkeit (für ihr Schweigen), vielleicht war es etwas anderes, vielleicht war der Grund auch nicht Dankbarkeit, wer weiß.

Wie auch immer: Das Abendessen schmeckte ihr wieder nicht, danach entsagte sie sich ihm, sie habe Kopfweh, nachdem er zu betteln aufgehört und sich in sein Zimmer vertschüsst hatte, fing sie an, sich zu streicheln, hörte aber nach ein paar Bewegungen auf, sie verspürte keinerlei Freude.

75. Batseba kontrolliert Abigajil

Sie besorgte sich ein Fernrohr und stellte das Stativ an das Fenster, das auf das Gebäude gegenüber hinausging, um ab und zu nachzusehen, was Abigajil so trieb, um aufzudecken, dass die neue Nachbarin eine äußerst langweilige Frau war, intrigant und verdorben. Sie beobachtete die Fenster, hinter denen sie sich einst selbst bewegt hatte, die Terrasse, auf der sie einst selbst gelegen, gelesen, sich gesonnt, ihre Kräuter gegossen, sich gerekelt hatte, bis sie bemerkt worden war und bis geschehen war, was geschehen war, aber was soll's, wenn es doch geschehen musste, denn so stand es ja in den Sternen oder wo auch immer.

Und dann dachte sie sich, dass sie nicht mehr durch die Linse schauen würde. Dass sie es so machen würde wie David, als er und Saul sich auf Felsen und in Höhlen und im Wüstensand herumgetrieben hatten. (Als Saul sich hinhockte, um sein großes Geschäft zu verrichten, schnitt David ein Stück seines Mantels ab, er hätte ihm aber auch den Kopf abschlagen können, zum Beispiel. Er hielt sich zurück.) Dass sie sie nicht kontrollieren würde. Dass sie sich diese Frau nicht zu Herzen nehmen würde.

Sie nahm das Fernrohr vom Stativ, wog es in der Hand, beschwerte ihre Knöchel, jeden Fuß mit dem Gewicht des Teleskops, ging laufen.

76. Das Urteil Davids

David wurde gerufen, um in einer Angelegenheit Recht zu sprechen. Zwei Frauen erschienen, sie schrien wie am Spieß, eine furchtbar heikle Sache, das Baby sei gestorben, aber das Baby sei doch am Leben, ein riesiges Durcheinander, er begriff überhaupt nicht, was eigentlich passiert war. Er kam also aus seinem Büro und sagte, jemand solle ihm langsam und verständlich erklären, was denn los sei. Eine der beiden Frauen, die auf dem täglich polierten Hofmarmor soeben noch gezankt hatten, sagte *Bitte, Herr, ich und diese Frau wohnen im gleichen Haus, und ich habe dort in ihrem Beisein geboren. Am dritten Tag nach meiner Niederkunft gebar auch diese Frau. Wir waren beisammen; kein Fremder war bei uns im Haus, nur wir beide waren dort. Nun starb der Sohn dieser Frau während der Nacht; denn sie hatte ihn im Schlaf erdrückt. Sie stand mitten in der Nacht auf, nahm mir mein Kind weg, während deine Magd schlief, und legte es an ihre Seite. Ihr totes Kind aber legte sie an meine Seite. Als ich am Morgen aufstand, um mein Kind zu stillen, war es tot. Als ich es aber am Morgen genau ansah, war es nicht mein Kind, das ich geboren hatte.* Da rief die andere Frau *Nein, mein Kind lebt und dein Kind ist tot.* Doch die erste entgegnete *Nein, dein Kind ist tot und mein Kind lebt.* So stritten sie vor dem König. David war sichtlich schlechter Laune: *Wieso behelligt ihr mich damit, für diese Dinge haben wir entsprechende rechtliche Schritte und zuständige Behörden.*

77. Ein Blick auf die Passivität

Ich bin nicht passiv, überlegte Batseba laut bei einer Tasse Kaffee. Die Gesprächspartnerin auf der anderen Seite des Tisches griff nach einem Buttercroissant, biss ab, speichelte das Stück ein, kaute, schluckte. *Ich bin nicht passiv: Ich investiere wahnsinnig viel Energie dahinein, etwas nicht zu tun, wenn ich will, das ist Aktivität per se, Mazzini versteht das nicht, im Ernst.* Das Gegenüber biss erneut ab, in ihrem Mund breitete sich der Geschmack der Marmelade aus *mhmm, was ist da drin, Ingwer? Irgendwas ist in dieser Marmelade, mhmmm.* Sie gestikulierte, dass sie ganz ihrer Meinung sei (Nicken), aber ihre Gedanken blieben bei Mazzini hängen, sie grübelte, wo und wann sie schon von diesem Typen gehört hatte, darum plapperte sie über den Zusatz in der Marmelade und wie sehr der Geschmack sie überwältigt habe, *vielleicht Neroliöl, obwohl, nein, das schmeckt ganz anders, was haben die da bloß reingemischt?*

Außer der Liebe zum Theater hatten die beiden Frauen nichts gemeinsam, vielleicht noch den Hass auf Abigajil, die zu dem und dem Zeitpunkt mit ihrem Kram vor David getreten war (vor ihm aufs Gesicht gefallen war) und gelabert hatte, was für ein Esel ihr Mann doch sei, was die beiden nicht direkt etwas anging, außer in einer Hinsicht: durchschnittliche Herkunft, gute Partie, Leben auf großem Fuß, so was. (Die Frau auf der anderen Seite des Tisches bestellte noch ein Croissant, und noch eines, nach dem vierten merkte sie, dass sie gleich platzen werde, und am liebsten hätte sie sich den Finger in den Hals gesteckt, am liebsten hätte sie ihren Magen ausgekotzt, sie wäre so gerne wie Batseba, groß und dünn.)

78. Ein Blick auf die Urheberschaft

Wie soll ich meine Seele halten, dass sie nicht an deine rührt … Liebster, hast du das geschrieben? Sie streckte ihm einen aus einem Notizbuch gerissenen Zettel entgegen, eine Merkliste (Club!!! Meister Eckhart, Hildegard von Bingen, ~~T. Špidlík,~~ Ivan Rupnik) mit Versen auf der Rückseite, es sah aus, als wären sie schon vor langer Zeit geschrieben worden, er sah hin, erkannte seine Handschrift, den Schnörkel beim h, jahrelang perfektioniert, so ein schöner Buchstabe mit diesem Schnörkel, er hatte diese Frage von niemandem jemals erwartet, er wollte schon sagen *ja, ich*, denn der Verfasser war er, die Schrift seine, dieses h. Technisch gesehen, also technisch gesehen wäre eine bejahende Antwort keine Lüge gewesen, aber: Dass er der Urheber war?

Gefällt es dir?

Er dachte noch immer daran, dass er selbst der Verfasser war, denn das war ein mächtiger Vers, obwohl seine Kompositionen auch kein Müll waren, im Gegenteil, er war Mainstream, die Massen vergötterten ihn, und doch, so ein Vers! *Du weißt schon, dass das keine technische Frage ist?* Oh, David war bewusst, dass er das laut gesagt hatte, dass er ihr dabei in die Augen sah (ein Wink, dass sie Poesie nicht kapierte), oh, das sah jetzt wirklich so aus, als gälte es ihr, oh, nein, nein, ein Fehler, leider zu spät, und leider war der Graben schon zu tief, als dass er die Worte zurücknehmen könnte. Ihr Blick!

Er entschuldigte sich folgendermaßen: Sie machten einen Ausflug nach Duino, spazierten Händchen haltend die steile Adriaküste entlang, schnupperten an den Föhren, die Segel schimmerten, das Meer war blau, der Himmel azurn, im Partisanenbunker rezitierte er ihr *wer, wenn ich schriee, hörte mich denn* und so weiter, ihm fiel nicht auf, dass sie immer dünner wurde, dass ihr schöner Körper dahinschwand.

79. Die baldige Hochzeit

Es klingelte, als sie im Schaukelstuhl auf der Terrasse die Theaterabos für die kommende Saison durchblätterte, sie hob nur ungern ab. *Rate!* drang an ihr Ohr. *Was soll ich raten? – Ich habe Neuigkeiten! – Heiratest du etwa? – Woher weißt du das?!*

Sie wusste es nicht, sie hatte einfach irgendetwas gesagt, was ihr unmöglich schien, unmöglich, dass die Schulfreundin aus dem Gymnasium, die sich aus den verschiedensten uralten Gründen nicht sonderlich für Männer interessierte, und sie sich nicht für sie, mir nichts, dir nichts vor den Altar treten sollte, ohne ihr vorher auch nur ansatzweise anzudeuten, dass sie sich mit jemandem traf, dass da was lief, oder zumindest, dass ihr jemand gefiel. Sie holte alles rückwirkend nach, wie sie sich online kennengelernt hatten, bla bla bla, ein Besuch, so viel gemeinsam, so viel, bla bla bla, ein erwiderter Besuch, wie im Märchen, bla bla bla, wie er sie vor ein paar Tagen gefragt hatte (möglicherweise halb im Scherz), ob sie ihn heiraten würde, und wie sie (möglicherweise halb im Scherz) eingewilligt hatte. *Zieht er zu dir? – Nein, ich ziehe rauf, kann es kaum erwarten*, sagte die Frau, die bisher von ihrem Altenteil nicht wegzubekommen war, *hab mich schon zum Sprachkurs angemeldet*. Batseba konnte es nicht glauben.

Drinnen klimperte David fromme Liedchen.

80. Batseba bewundert ihren Ehemann II

Vollmond, sie kann nicht schlafen, sie verlässt ihr Bett, betritt Davids Schlafzimmer, legt sich zu ihm, stützt sich auf dem Ellbogen ab, betrachtet ihren König, das mit Mondlicht glasierte Antlitz, betrachtet ihn mit Zärtlichkeit, und trotz allem (allem und mehr: Einen offenen schnarchenden Mund kann man nicht einfach so ausradieren) mit Bewunderung. Auf des Königs königliches Gesicht krabbelt plötzlich eine Spinne, die Spinne krabbelt in den königlichen Mund, die königliche Nase schnaubt, der königliche Mund schmatzt, verspeist die Spinne, der König schläft ruhig weiter.

81. Die Trauzeugin

Sie bat sie, ihre Trauzeugin zu werden. Batseba empfand es unter ihrer Würde, auf die Hochzeit einer so groben und taktlosen Person zu gehen, obwohl sie eng befreundet waren (sie sagte sich *seien wir ehrlich, sie hat viel mehr von dieser Freundschaft*), eigentlich dachte sie nicht im Traum daran, ihre Trauzeugin zu sein.

Oh, mein Herz, mit dem größten Vergnügen!

82. Ein Blick auf die Kunst

Wenn und sobald Batseba ins Theater gehen wollte und das mit ihrem Ehemann besprach, dauerte es nur wenige Augenblicke, bis ihr Telefon klingelte, *Cercle, erste Reihe, Mitte, Sitz Nummer zehn, willkommen, Verehrteste.* Oder *Parterre, erste Reihe, Mitte, Sitz Nummer sechs, willkommen, Eure Majestät.* Sie genoss die Vorstellungen: In der Regel sah sie sich Stücke und/oder Schauspieler an, von denen ihr innerer Zwang sagte, es wäre eine Sünde, sie zu verpassen. Einmal (*erste Reihe, Mitte, willkommen*) saß sie Aug in Aug, nur einen Meter entfernt, zum Greifen nah, gegenüber vom onanierenden Marko Mandić. Es gefiel ihr nicht, sie fragte sich, was in diesem konkreten Fall die Darstellung sein sollte, worin die Knochenarbeit und Tränen der Figur liegen sollten, wo die Grenze zwischen Pornografie und Kunst lag, welchen Mehrwert das Onanieren vor Publikum habe, was sie von all dem halten solle, was sie davon zu halten vorgeben solle, was die anderen wirklich davon hielten, wenn sie sagten, dass sie von all dem dies und das hielten, was sie sich das nächste Mal anschauen solle, vor allem: was sie sich das nächste Mal anschauen solle. Das nächste Mal ging sie inkognito ins Theater, nicht ausgestattet mit *willkommeneuremajestät*, ein Stück mit Nataša Matjašec und Branko Jordan, sie gingen ihr (die Darstellungen) nahe, so nahe hätte nicht einmal der Goldregen kommen können, sie zitterte (bebte, sie hüllte das Zittern in sanftes Erbeben, was sie ziemlich auslaugte), Tränen rannen ihr übers Gesicht, so nahe gingen sie ihr.

83. Batseba kontrolliert das Laufen

Zur Weiberfastnacht bereitete sie ein üppiges, köstliches, berauschend duftendes Abendessen für ihre Gäste zu. Sie stellte es vor die Geladenen, die mit Freuden aßen und mit gutem Mut Wein tranken, Batseba beobachtete sie, sie fühlte sich erfüllt, sie war zufrieden mit sich selbst und mit ihren Kochkünsten, Speis und Trank aber rührte sie nicht an.

84. Ein Blick auf die Kunst II

Sie dachte intensiv über Ai Weiweis Geste nach, als er eine Vase seiner Vorväter, die zweitausend Jahre alt und mehrere Millionen Dollar wert war, genommen und losgelassen hatte und das Gefäß einfach – zu Boden gefallen, einfach – zerbrochen war. War das, was sie fühlte, Bewunderung oder doch Entrüstung?

85. Batseba fällt in Ohnmacht

Sie nahm den Weg durch den Park, auf einer Bank saß dieselbe Frau wie immer, mit ihrem komisch dekorierten Hut, sie fütterte die Tauben, warf ihr eine Handvoll Körner praktisch unter die Füße, die Vögel schwirrten praktisch unter ihren Rock, sie verzog wegen der flatternden Ekel das Gesicht, *ich bitte Sie*, erhob sie ihre Stimme, die Frau aber sagte *was denn, mögen Sie Vögel nur, wenn Sie ihre Federn tragen?*, sie sagte nichts darauf, was hätte sie auch sagen, was auf so eine unangebrachte Bemerkung entgegnen sollen? Und es stimmte, sie trug Ohrringe aus den bunten Federn eines exotischen Vögelchens, hergestellt in Handarbeit von einem Mädchen, es stellte auch Köder fürs Fliegenfischen her, ein extrem präzises Handwerk, sie fragte es, woher es die Federn habe, das Mädchen sagte, es bestelle sie online aus Amerika, aber Batseba hatte nie und nimmer auch nur einen Gedanken an diese Tiere verschwendet, die Federn für Schmuck produzierten, daran, wie sie lebten und starben. Sie verspürte einen Stich in den Brust, sie dachte gleichzeitig an Marko Mandić, wie er onanierte und ihr in die Augen sah, und überlegte, dass der Clou der Performance vielleicht in den aufgestellten Spiegeln lag, darin, dass das Publikum am eigenen Leib erfuhr, wie es ist, ein Schauspieler zu sein, wie es ist, entblößt und exponiert und verletzlich von unbarmherzigen Blicken beobachtet zu werden, wie gnadenlos der schauspielerische Berufsweg ist, und jetzt noch diese Taubenmutti – sie füttert keine Tauben, sondern macht sich über die Leute lustig.

Ihr wurde schwarz vor Augen, ihre Knie gaben nach, sie fiel weich auf den gepflasterten Boden, Passanten umstellten sie, darunter der Götterbote (er wurde als Mitarbeiter des Personenschutzes der Königsfamilie bezahlt), der ihr ein nasses Taschentuch aufs Gesicht legte und ihre Wangen tätschelte (ihr eine Ohrfeige verpasste), damit sie wieder zu Bewusstsein kam, fragte, ob er einen Krankenwagen rufen solle (*nein, nein, mir war nur ein bisschen schwindlig, danke*), sie stützend nach Hause begleitete und dachte, dass die Königsfamilie wieder Nachwuchs erwartete.

86. David geht auf Tour

Krieg hat seine Zeit, Friede hat seine Zeit, Steine schleudern hat seine Zeit, Steine sammeln hat seine Zeit, das Proben hat seine Zeit, das Scheinwerferlicht hat seine Zeit, das Aufnehmen hat seine Zeit, das Touren hat seine Zeit, *meine Liebe, alles steht schon fest, ich werde sieben Konzerte spielen, ich breche in ein paar Monaten auf, ich bin überglücklich!*

87. Die Schlaflosigkeit

In jener Nacht konnte David nicht schlafen. (Auch Batseba kriegte in jener Nacht kein Auge zu.) David zählte Schäfchen, das heißt, David dachte an sonnengebräunte, braunhaarige, liebliche Schönheiten, Lilien unter Disteln, Tauben in Felsennestern, mit Lippen wie roten Bändern, festen Brüsten, langen Hälsen, schlank, hübsch. (Batseba warf sich im Bett hin und her.) Er dachte an sie, daran, wie sie mit ihm zu neuen Abenteuern aufbrachen. (Batseba schüttelte ihr Kissen auf.) Er dachte, zuerst unbestimmt, einfach so, an junge Mädchen. (Batseba ging in die Küche, trank ein Glas lauwarmes Wasser, ging wieder ins Bett.) Er überlegte, an welche von ihnen es am festesten zu denken galt, denn nicht alle waren gleich erreichbar und gleich willig. (Batseba warf sich im Bett hin und her.) David durchstöberte sein Telefonbuch *die nicht, die nicht, die vielleicht, die hmmm, die soso, die nicht, die schon letztens, die mal ins Auge fassen.* (Batseba lehnte das Kissen an die Wand, nahm etwas zu lesen in die Hand, las.) David wusste, dass der Schlaf wie ein Aal war, man durfte nicht nach ihm schnappen, so entwischte er nur. (Batseba fiel auf, dass das Buch, von dem sie gehofft hatte, es würde sie beruhigen und in den Schlaf wiegen, nicht gut lektoriert worden war. Batseba mochte solche Bücher nicht, sie fand, dass sie nie den Weg in die Buchhandlungen und Bibliotheken hätten finden dürfen. Sie legte es beiseite, verärgert.) David rief an, verabredete sich, ging los. (Batseba erhob sich aus dem Bett, betrat Davids Schlafzimmer, das Bett des Königs war noch warm.)

88. Batseba erteilt ihrer Freundin eine Abfuhr

Am liebsten hätte sie die Sache per Skype erledigt, aber sie überwand sich doch. Sie fuhr zu ihr in die Provinz, die sie einst Heimat genannt hatte, besuchte noch Mutter und Vater (alles beim Alten: Er hing den ganzen Besuch lang am Telefon), ihre Mutter betastete mit Tränen in den Augen ihre Gliedmaßen *was ist nur los, du bist so dünn, ist alles in Ordnung mit dir?*; sie lud sie um der guten, alten Gymnasiumszeiten willen auf Nusspfannkuchen mit Honig und Sahne ein, zerschnitt ihre eigene Portion nur und schob die Stücke auf dem Teller hin und her, überreichte ihr ein Kuvert mit einem Gutschein für ein Designerbrautkleid, erklärte, dies sei anstelle einer Entschuldigung, denn es sei ihr leider gänzlich unmöglich, da sie und David da zu einem wahnsinnig wichtigen Staatsbesuch müssen, dass eher ein Kamel durchs Nadelöhr ginge als sie an diesem Tag zu ihrer Hochzeit. Und dass es ihr so schrecklich leidtue, dass es ihr das Herz zerreißt.

89. Ein Blick auf die Unschuld

Hin und wieder stellte sie das Fernrohr trotz allem wieder auf und spionierte Abigajils Aktivitäten nach.

Sie hatte recht gehabt, in manchen Belangen war die Nachbarin langweilig. Batseba sah nie David oder überhaupt irgendeinen Mann auf ihrem Busen ruhen.

90. Die Davidpsalmen

David spielte sein Auftaktkonzert, er stellte sein neues Album Psalmen Vol. 2 vor, das Publikum kam schon beim ersten Ton in Fahrt, es fragte sich, wie es möglich war, dass die Grenze zwischen Kunst und Erlösung so schwer zu bestimmen war, er (die Musik) kam ihren Herzen so nahe, dass nicht einmal der Erzengel Gabriel hätte näherkommen können, sie erzitterten vor so viel Nähe, Tränen rannen ihre Gesichter hinab.

91. Batseba kontrolliert den Hunger

Man muss den ganzen Aufwand, das Können, das Wissen, den Ideenreichtum, das alles schätzen können, die Bemühungen, auch die Verpackung attraktiv gestalten, sieh nur, wie verlockend alles ist, zum Anbeißen, man möchte fast sagen sexy, all diese Häppchen und Aufschnitte und Strudel und all diese saftigen gebackenen, gebrühten, frittierten, panierten, geräucherten göttlichen Schöpfungen und, und all diese Delikatessen und Kompotte und Puddinge und Marzipan und Waffeln und alles, schon an sich, all das, dieses Essen, diese Speisen, so sexy, so lecker, wie einen danach gelüstet, und schön und göttlich und bezaubernd und wundervoll und verführerisch, und so herrlich verpackt, diese Farben, und die Schleifen, Tüten, Schachteln, Pakete, dieser Glanz, und das Design erst, das ist so – ich habe keine Worte dafür, wirklich: Ich habe keine Worte!

Nach drei Stunden verließ sie das Geschäft mit einem federleichten Korb, denn sie hatte keinen einzigen Cent ausgegeben, sie fühlte sich stark und standfest.

92. Die Schulfreundin flirtet

Die Schulfreundin aus dem Gymnasium brachte ihr Auto zur technischen Prüfung. Sie fuhr bis zur weißen Linie, zum weißen

STOP auf dem Asphalt, stieg aus, wartete ruhig und höflich neben ihrem ramponierten, schon etwas zerschlissenen Clio mit dem abgesplitterten Lack auf der Motorhaube, hier und da rostete er schon, auch sein Ach und Krach klang in den letzten Monaten ganz anders als sonst. Sie wartete, im vollen Bewusstsein, dass es gut möglich war, dass er die Prüfung diesmal nicht bestehen würde. Eine Tür öffnete sich, ein Mann erschien, ansehnlich trotz seiner verschmierten Hände und des schmutzigen Shirts mit ausgeleiertem Kragen, er ging direkt auf sie zu, seine Augen leuchteten grün-blau, direkt auf sie zu. Er sah zum Auto, zur Wartenden, mit strahlenden Augen, er begann Süßholz zu raspeln: dass er gesehen habe, dass ein hübsches Mädel lang kommt und gleich seine Jungs gerufen habe, hihihi, Schmunzeln, Scherze, ein paar Witzchen, nichts Vulgäres, er sah das Auto an, als wäre es neu und mindestens ein BMW, er sah sie an, als wäre sie die Besitzerin des mindestens neuen BMW, mit diesem Blick schmeichelte er sich bei ihr ein, schmierte ihr Honig ums Maul hinsichtlich ihrer Auswahl und des Zustands des Autos, und ihr gefiel es. *Stell dir vor, jetzt, da ich verlobt bin, schätzen mich die Typen, und davor – als wäre ich Luft.*

Die Schulfreundin aus dem Gymnasium erzählte ihr von diesem Vorfall und ihren Gefühlen. Sie erzählte es Batseba, weil sie in der Garage einen Maserati und einen Hummer stehen hatte, die von anderen Leuten zum Service, zur technischen Prüfung und zur Registrierung gebracht wurden, und Batseba beneidete sie, denn sie wurde von niemandem mehr auf diese Weise angesehen. Es quälte sie, sie wusste nicht, wieso.

93. Davids Untreue

Er hielt sich nie länger auf als nötig, also länger als nötig, um zu erledigen, was er zu erledigen hatte, wobei es deplatziert ist, hier von einer *Erledigung* zu sprechen. Das Ritual lief nicht nach einem vorgeschriebenen Muster ab, er war offen für Vielfalt, Abwechslung, sowohl zeitlich als auch inhaltlich. Den Cunnilingus vermied er grundsätzlich, so intim wollte er nur noch mit Batseba sein, nicht, weil sie seine Ehefrau war, sondern weil er einfach keine Lust hatte, Vulven zu lecken, die ihn weniger anzogen als Batsebas, und das war tatsächlich jeder nicht-ihrer Schritt, nur Batsebas Duft und Geschmack machten ihn wahnsinnig, zu den Substituten hatte er eine herablassend verächtliche Einstellung. (Ob das nun Liebe war oder etwas anderes – darüber dachte er nicht nach.) Das hatte er also gestrichen, bei allem anderen war er ein Stier, ein Löwe, ein Orang-Utan, kurz gesagt der Befriedigung animalisch unterworfen. Außerdem war er beweglich, stark, ausdauernd und innovativ. Es konnte nur ein paar Augenblicke lang dauern, es konnte mehrere Stunden lang dauern, je nach Ort und Zeit. Danach verabschiedete er sich von der Dame.

Diesmal war er eingeschlafen und wachte erst im Morgengrauen auf, er öffnete die Augen, vor seinem Gesicht zwinkerte ihm honigsüß lächelnd eine Frau zu, in deren Adern ungleich mehr blaues Blut floss als in Batsebas und die sich aufgrund der Tatsache, dass der Monarch in ihrem Satin übernachtet hatte, bezüglich ihrer Zukunft ein ganzes Märchen zusammengereimt hatte, sie presste sich an ihn, wollte noch ein bisschen schmusen. Das Gefühl, das Seine Majestät erfüllte, war Widerwillen, ein Anflug von schrecklicher Abscheu.

So kam der König zu einer neuen Erkenntnis.

94. Aufbruch in die neue Heimat

Ich werde höchstens das Akkordeon vermissen, schnaubte sie zynisch am Flughafen, *das Akkordeon des Nachbarsteenagers.* Er übte ganze Vormittage lang im schattigen Innenhof, die Nachbarschaft lauschte ihm, und auch jeden Nachmittag bis zum Abend, ein ausdauernder und zielstrebiger Rotschopf, eifrig, begeistert, allerdings verschlossen, wahrscheinlich wirkte sich sein Spiel auf sein Chakra aus, und der Mutter des Jungen trieb es die Freudesröte ins Gesicht, denn die Chancen ihres Sohnes, dass er einem Mädchen trotz allem so gefiel, wie er war, rothaarig, mit roten Wimpern und am ganzen Körper übersät mit winzigen Flecken, wurden von Tag zu Tag größer. Batseba hätte ihr gerne gesagt, dass es Tage gab, an denen sie selbst gerne Davids Instrumente vom Balkon werfen wollte, Batseba biss sich würdevoll auf die Zunge. *Meine Liebe, gute Reise, möge deine Hochzeit die schönste auf der Welt sein, und natürlich auch deine Ehe! Ich werde dich vermissen, du wirst mir sehr fehlen!* Als sie diese Worte aussprach, ertappte sie sich dabei, dass sie auch genau so fühlte.

Sie zog ein paar Staaten weiter nördlich, zu einem mehrheitlich protestantischen Volk, also einem Volk, dem es gut ging, das prosperierte, Batseba blieb. Irgendwo in ihren Eingeweiden tat sich eine Lücke auf, sie konnte sie nicht einordnen, geschweige denn füllen.

95. Batseba schneidet sich

Das passiert nicht. Es kann vielleicht einmal vorkommen, aber normalerweise passiert es nicht, diesmal passierte es doch: Die Schulfreundin aus dem Gymnasium fragte sie per Skype, ob sie manchmal an Urija dachte, ihren ersten Mann, manchmal. *Nein*, sagte sie entschlossen.

Sie kramte ein Gummiband aus der Lade, streifte es aufs Handgelenk, spannte es und ließ es gegen die Haut schnalzen. Es tat weh, es tat zu wenig weh. Dann behauptete sie, sie müsse auf die Toilette, nahm ein Rasiermesser und schnitt ein paar Linien in den Innenschenkel ein, Abdankung hin oder her, schraubte den Deckel vom Bleichmittel, ließ den Strahl über die frischen Schnittwunden laufen.

96. Batseba fällt in Ohnmacht II

Als David durchs Ausland tourte, begleitete sie ihn nicht, er hatte sie auch gar nicht wirklich eingeladen. Sie wusste, wie das bei ihm lief, dass nach den Auftritten Adrenalin und Testosteron durch seine Adern flossen, was er dagegen unternahm, dass es häufig nicht nur eine war, dass mehrere sein Bett wärmten, was anders betrachtet all das bedeutete, was er von ihr nicht mal erwartete, dass sie es tat, dass all das und noch mehr andere taten, deswegen hielt sie sich fern, so weit wie möglich. Er nahm an, dass sie ahnte, wie es war, wenn nach den Auftritten dies und jenes durch seine Adern schoss und so weiter. Ihm war nicht klar, dass sie es tatsächlich wusste, er beschäftigte sich nicht damit, und überhaupt waren alle Tätigkeiten, die ihm durch andere Personen zuteilwurden, Kinkerlitzchen im Vergleich mit dem einzig Wahren: auf der Bühne zu stehen, von Menschenmassen umgeben zu sein, die auf jede seiner Bewegungen reagierten, Macht zu haben, die ultimative Intensität zu erleben, bis zum letzten Quant, Wahnsinn, Wahnsinn.

Das Abschlusskonzert der Tournee besuchte sie dennoch, warum noch mal?

Sie setzte keinen Fuß in den Londoner Konzertsaal. Sie wollte es, sie hatte es vor, sie hatte sich zurechtgemacht und auf den Weg gemacht, war zusammengebrochen, liegen geblieben, hatte in der Klinik eine Infusion und den Rat bekommen, sich das nicht anzutun, dass es schade um sie wäre, um eine so schöne Frau.

97. Der nicht verstandene Wink

Man wollte es ihm nicht sagen, denn hätte er es gewusst, bevor er die Bühne betrat, hätte man es gespürt, seine Präsenz wäre nicht dieselbe gewesen, man wertschätzte das Inselpublikum zu sehr dafür. Erst auf dem Weg ins Hotel, nach dem Auftritt und ein paar Wortspenden fürs Fernsehen erfuhr er es, er holte sie aus dem Krankenhaus ab (sie fühlte sich schon viel besser), brachte sie ins Hotel, wachte die ganze Nacht neben ihr, lauschte ihrem Atmen, hielt ihre Hand und flüsterte *meine Liebe, alles ist gut, alles ist recht.* Auch so lässt sich überschüssige Energie kanalisieren. Er hatte die Stirn in Falten gelegt, er wollte sie nicht mit Fragen löchern, denn er dachte, die Sache hänge mit einer weiteren Schwangerschaft zusammen, mit noch einer missglückten und kräftezehrenden frühgeborenen Liebe.

Als sie ihm kurz nach der ersten, ihrer allerersten gemeinsamen Nacht gesagt hatte, dass sie ihre Regel nicht bekommen habe und so, hatte er keine Sekunde lang überlegt (na ja, er hatte Urija von der Front zurückbeordert, er hatte damit gerechnet, dass er zurückkommen und bei seiner Frau schlafen, dass sich die Dinge von selbst erledigen würden, und Urija war zurückgekommen und – hatte nicht zu Hause geschlafen), er hatte um ihre Hand angehalten, denn das macht man mit der Frau, die man liebt, und sie hatten geheiratet, obwohl sie inzwischen eine Fehlgeburt gehabt hatte.

Während das Taxi zur Klink raste, gaben sie ihm einen Wink, *sie isst wie ein Vögelchen, so gut wie nichts*, er aber dachte sich *was wisst ihr schon.*

98. London

Er wollte sie noch nicht mit der Abreise belasten, ihren zerbrechlichen Körper, er mietete eine Wohnung in derselben Straße, in der Damien Hirst wohnt, er sagte *lass uns eine kleine Kostprobe des Lebens der hiesigen Künstler nehmen.* Sie blieben ein paar Tage, sahen, wie die dortigen Hipster lebten. Ihm standen die Haare zu Berge, sie fand es interessant. Auf eine ganz eigene Art.

99. Dienstleistungen aus der Unterwelt des Internets

Der Leibwächter durchkämmte die finsteren Gänge des Darknets und spürte die Anbieter jener Dienstleistungen auf, für die sich seine Herrin interessierte. Alle sündteuer. Doch der Preis ist das eine, der Wert das andere.

100. Der Angriff aus dem Hinterhalt

Er schlug ihr einen Urlaub vor, eigentlich eine Verschnaufpause, *ich brauche keine Verschnaufpause, Liebling. – Ich weiß, meine Liebe, ich weiß, dass du sie nicht brauchst, aber sie würde dir bestimmt guttun, der Kabinettschef kann dir schon für morgen was reservieren. – Aber mit mir ist wirklich alles in Ordnung.* Als sie diese Worte aussprach, wusste sie, dass David nicht lockerlassen würde, weshalb sie einfach selbst beschloss zu fahren, obwohl sie sich noch ein bisschen sträubte und er sie noch ein bisschen überzeugen musste.

Die Thermalpools behagten ihr, die Massage ließ sie aus (*oje, ich habe mich im Termin geirrt*), die Sauna betete sie an, sie goss das Wasser mit Leidenschaft über die glühend heißen Steine auf, ließ die Temperatur steigen, als wollte sie das Wasser in ihren Zellen zum Kochen bringen, sprang ins eiskalte Wasser, sie übertrieb es mit dem Saunieren, sie überschritt eine Grenze, war benommen, taumelte, kam wieder ein wenig zu sich, als sie ihren Körper mit Eiswürfeln abrieb, wieder in die Sauna, wieder zu lange, wieder Eis, dann ein Salzpeeling, so stark eingerieben, dass es brannte, danach eine Zimtpackung, es brannte noch stärker, ein Mann trat hinzu, intervenierte mit samtener Stimme *langsam, langsam*, ihr Herz pochte, ihr war schwindlig, er aber passte auf sie auf, bot ihr einen Tee an und hätte sie beinahe gebeten, es für heute sein zu lassen und sich hinzulegen. Sie ging auf ihr

Zimmer, sah auf die Uhr, trat nervös von einem Fuß auf den anderen, schaltete den Fernseher ein, schaltete ihn wieder aus, ein, aus, ging auf den Flur hinaus, ging durch alle Flure auf allen Etagen, ging zurück auf ihr Zimmer, sah auf die Uhr, schaltete den Fernseher ein-aus-ein-aus, zog ihre Jacke an, legte ein Tuch um, setzte einen Hut auf und ging hinaus, auf einen langen, langen Spaziergang über die Waldwege in der Nähe des Kurorts.

Der nächste Nachmittag inklusive Abend war mehr oder weniger wie der erste, nur mit weniger Übertreibung, denn besagter Herr hatte ein Auge auf sie, der dritte glich dem zweiten, ebenso der vierte, vormittags las sie Sarah Kane. Am Abend des vierten Tages stopfte ihr jemand ein Taschentuch in den Mund und stülpte ihr eine Plane über den Kopf (die nach Schimmel roch), er zerrte sie tiefer in den Wald hinein, fesselte sie an einen Baumstamm und gab währenddessen keinen einzigen Laut von sich. Dann ging er fort.

Nach etwa einer halben Stunde kam er zurück, lockerte die Schnur, mit der ihre Handgelenke hinter dem Baumstamm zusammengebunden waren, ging fort.

101. Die Einkaufsgewohnheiten

Jedes Mal, wenn Batseba sagte, sie gehe ein bisschen shoppen, hatte David folgendes Bild vor Augen: Sie schlendert von Boutique zu Boutique, von Kaufhaus zu Kaufhaus, zuerst markiert sie mit Argusaugen ihre Ziele, rümpft die Nase angesichts der Sachen, die ihr nicht gefallen, zuckt mit der rechten Braue, wenn ihr etwas Besonderes ins Auge sticht, sucht sich ein paar Teile aus, verschwindet in der Kabine, prüft die Beschaffenheit der Stoffe, die Qualität der Nähte, knautscht das Material in ihren Händen, befühlt und glättet, probiert alles lange und bestimmt an, trägt den Verkäuferinnen auf, ihr *denselben Schnitt, nur eine Nummer kleiner* zu bringen, oder *bringen Sie mir das in Zyklamen*, oder *Haben Sie auch einen dazu passenden Schal* usw. So und so viele Klamotten bestehen die Kontrolle, doch dann wird sie ganz nervös, als sie an der Ladenkasse den Betrag sieht, denn ganz tief drinnen ist sie geizig, aber es macht nichts, sie überreicht die Kreditkarte, tippt den Code ein, nimmt die Einkaufstaschen, geht ins nächste Geschäft, wiederholt den Vorgang. Das erfüllt und tröstet sie innerlich, stellt sich David vor, obwohl er findet, dass sie keinen Grund hat, traurig zu sein, aber irgendwo hat er gehört, dass es bei manchen Menschen eben so ist.

Wenn Batseba sagte, sie gehe ein bisschen shoppen, schlenderte sie von Konditorei zu Konditorei, von Bäckerei zu Bäckerei, von Marktstand zu Marktstand, von Buregdžinica zu Buregdžinica, sie schaute und schniefte, stöhnte und schmatzte, plauderte mit Bäckern und Wirten und Gemüsehändlern, kaufte dies und das, gab bescheidenes Trinkgeld, schenkte das Gekaufte dem einen oder anderen Obdachlosen, manchmal rief sie eine Bekannte oder eine Kollegin an, sie tranken Kaffee oder Mineralwasser und aßen Kuchen oder Petits Fours oder Falafel oder Samosas, Batseba aß eigentlich nicht, Batseba stocherte nur in ihrem Essen herum, riss und zerpflückte es in kleinere Stücke, sie sah anderen beim Essen zu, das erfüllte und leerte sie zugleich, machte sie noch trauriger, aber sie wusste nicht, ob ihr Schmerz Trauer hieß, schließlich hatte eine mit dem König verheiratete Plebejerin keinen Grund, traurig zu sein.

102. Die Meinungsverschiedenheit

Als Schirmherr von Abigajils überhumanitärem Projekt schrieb er ein Stipendium aus, lud alle möglichen Musiker dazu ein, Geld sei genug da, das Mäzenentum sei für ihn in Zeiten wie diesen Pflicht, und auch sonst, denn diese Zeiten sind immer. Sie sagte *schön und gut, aber ich glaube, dass du die Summe ruhigen Gewissens halbieren könntest, du finanzierst letztendlich die Entwicklung deiner eigenen Konkurrenz.* Er erhöhte die Summe, nicht, um ihr zu widersprechen, nicht einmal, um sich beim Schöpfer für seine Talente freizukaufen, es schien ihm schlicht und einfach richtig und anständig und Punkt und Amen.

Als sie das sah, rümpfte sie die Nase und löcherte ihn mit Fragen. Sie fasste zusammen *weißt du was, eigentlich müsstest du nicht einen müden Heller geben, das ist rein dein guter Wille, nicht wahr, sie sollen froh sein, dass sie überhaupt was bekommen, nicht wahr. – Ganz im Gegenteil, meine Liebe, ganz im Gegenteil: Ich muss, Imperativ, der bestirnte Himmel über mir und das moralische Gesetz in mir.* Sie bohrte weiter, worauf er sagte *wozu soll ich dir das erklären*, und mitten im Satz abbrach. Sie hatte klar und deutlich gehört, dass seine Stimme nach oben gegangen war, dass er Luft für einen längeren Satz geholt hatte, dass er nur bis zum Komma gekommen war und dass noch etwas folgen sollte, er jedoch auf halbem Wege verstummt war. *Wieso – glaubst du etwa, ich, eine gewöhnliche Plebejerin, würde es nicht kapieren?* Er wusste, dass es weiser wäre, einen Schritt zurück zu machen, ihr ruhig zu antworten *aber neeein, liebe Batseba, so meinte ich das nicht.* Aber *auf gewisse Weise hast du den Nagel auf den Kopf getroffen.*

Hätten sie im selben Bett geschlafen, hätte sie ihn in der Nacht zunächst noch abgewehrt, dann wäre es zum Waffenstillstand gekommen, zum Versöhnungssex, zum Morgensex. Doch mit getrennten Schlafzimmern ist das nicht möglich, und so …

103. Anspruchsvolle Kundschaft

Sie bezahlte die vereinbarte Summe, bar, und sagte, sie sei mit der Dienstleistung nicht zufrieden gewesen. Der Mann sagte, das verstehe er nicht, was das Problem sei. Sie sagte, sie sei mit der Dienstleistung nicht zufrieden gewesen. Er sagte, dass er seinen Mitarbeitern vertraue, sie sorgfältig aussuche, intellektuelle Leute, schwierige Psychotests, ja, sorgfältig, dass seine Kunden äußerst zufrieden und dass sie die Besten in der Branche seien, dass es üblicherweise keine Beschwerden gebe, höchstens Lob, ja, sehr viel Lob, vielleicht ab und zu eine Kleinigkeit, aber im Grunde, ja, im Grunde seien sie äußerst zufrieden, und dass in ihrem Fall die Anweisungen ungenau gewesen seien, was unüblich sei, dass sie aber keine Angst vor Herausforderungen hätten, dass sie im Rahmen ihrer Wünsche eine Strategie ausgearbeitet hätten, Teamarbeit, ja, dass sie sich sehr bemüht hätten, ja, und ob sie denn etwas konkreter sagen könne, was ihr nicht gefallen habe. Sie sagte, sie sei nicht zufrieden gewesen. Er sagte, sie würden sich nächstes Mal mehr Mühe geben, dass sie, ja, alles geben würden, nächstes Mal, sie sagte *danke*, und er wusste, es würde kein nächstes Mal geben.

104. Eine Karrierechance

Das Schauspielerpaar steckte die Köpfe zu einer Familienbesprechung zusammen.
– *Was meinst du, soll ich zusagen?* (Mandić)
– *Wie viel bietet sie denn?* (Zemljič)
– *So und so viel.* (Mandić)
– *Wow, Wahnsinn!* (Zemljič)
– *Ja, ich weiß!* (Mandić)
– *Und es handelt sich tatsächlich um eine Rolle?* (Zemljič)
– *Ja. Angeblich. Keine Ahnung. Kann sein.* (Mandić)

– *Was weiß denn ich.* (Zemljič, nach einer Weile)

105. Das Antlitz des Anderen

Neben seinem persönlichen Profil hatte David noch zwei Facebook-Seiten, die natürlich von anderen betreut wurden, von PR-Leuten. Auf der einen Seite wurden königliche und staatliche

Angelegenheiten veröffentlicht, die andere dokumentierte sein Leben als Musikstar, hin und wieder wurden ein paar private Fotos gepostet, damit die Koryphäe als Mensch aus Fleisch und Blut gezeigt wurde, der mit beiden Beinen auf demselben Erdboden stand, auf dem der Pöbel wandelte. Auch ein Selfie aus einer britischen Gasse wurde veröffentlicht, im Hintergrund ein Graffiti von Banksy, vorne die zwei Duckfaces David und Batseba. David starrte auf den Bildschirm, und plötzlich fiel ihm auf, wie eingefallen Batsebas Gesicht war.

Am ersten Abend musterte er ihr Antlitz (das Antlitz des Anderen) ganz genau, betrachtete, was er bis zu diesem Tag nicht gesehen hatte: die glanzlosen Augen seiner Frau, die irgendwo im Schädel untergingen, die stark hervorstehenden Wangenknochen, ihr schütteres, krauses Haar und ihr Ernährungsprozedere, das darin bestand, dass sie das Essen auf dem Teller zerschnitt, ein bisschen darin herumstocherte, es auf dem Teller hin- und herschob und keinen einzigen Bissen in den Mund steckte.

Wenn Sie wüssten, wie ich Sie liebe, sagte er, nahm sie in die Arme wie ein kleines Kind, trug sie auf die Terrasse, setzte sich in den Schaukelstuhl und wiegte sie, dabei sang er murmelnd *Malaika, nakupenda Malaika.* Mit seinen Liedern versetzte er ganze Menschenmassen, Chöre von Cheruben und Seraphen in Ekstase, doch wenn es um das Trösten seiner Nächsten ging, erstarrte er und musste kurzerhand auf die Schätze diverser Völker zurückgreifen. Batseba fühlte sich unwohl, sie sagte *entschuldige, ich muss dringend pinkeln.*

106. David fürchtet um Batsebas Leben

Er stand mitten in der Nacht auf, ging in Batsebas Schlafzimmer, sie schlief, reglos, wahrscheinlich schlief sie, David betrachtete sie nämlich und hatte plötzlich das Gefühl, dass eine Leiche zwischen den Laken lag. Er ging mit seinem Ohr ganz nah an ihr Gesicht heran, um zu hören, ob sie atmete, er war sich nicht ganz sicher, er berührte sie, sie war warm, sie war noch warm, vielleicht, er nahm einen Spiegel vom Frisiertisch, hielt ihn unter ihre Nase, die Oberfläche beschlug, *puh, die Welt ist noch im Lot.*

107. Ein Titel als Trost

Auf einem Silbertablett brachte man ihr einen Brief mit dem Königssiegel. Darin stand, dass ihr die Krone den Titel der Marquise verleihen wolle. *Marquise?! Was für eine Farce!*

Sie nahm den Hörer in die Hand und wählte ein paar Nummern.

108. Erniedrigung

Er betrat entschlossen ihr Büro und blieb etwa eine halbe Stunde, Marko Mandić, er befahl ihr, sich auszuziehen. *Können Sie bitte die Tür abschließen? – Hast du nicht gehört, zieh dich aus, na los, was ist jetzt?! – Die Tür …*

Keine Rede mehr vom Abschließen, dann brüllte er sie an, dass sie auch die Unterhose ausziehen solle, und diesen blöden BH, was da so lange dauere, dann blickte er sich im Büro um und griff nach einer Statuette, *da, viel Spaß*, Batseba blickte verwirrt drein, nahm die Statuette wie eine heiße Kartoffel in die Hand, begann sie zu lecken, mit weit aufgerissenen Augen, Marko Mandić wurde wütend *ich hab keine Zeit für solche Scherze*, packte sie am Handgelenk, zerrte sie hinterm Schreibtisch hervor, drehte ihr die Hand auf den Rücken (sie wimmerte), schubste sie ans Fensterbrett (die Topfpflanze fiel um, der Blumentopf ging zu Bruch, die Erde lag über den Boden verstreut), riss ihr das Artefakt aus der Hand, rammte es ihr in die Scheide, stieß gleichmäßig zu, sein Gesicht nah an ihrem, sodass sie seinen Atem spüren konnte, stieß zu, *ich kann nicht hören, wie sehr es dir gefällt* (Stöhnen), *lauter!* (lauteres Stöhnen), *überzeugender!* (lauteres, aber kaum überzeugenderes Stöhnen), stieß zu, die Adern auf seiner Stirn traten hervor, sie vergoss heiße Tränen, die ihr Mascara verschmierten, ihre Augen brannten, er sagte *was ist los, es sieht nicht so aus, als ob es dir gefällt*, sie verdrehte die Augen wie in Ekstase, ihr Seufzen wurde kehliger, es schien, dass es ihr behagte.

Dann auf einmal. *Es reicht! Es reicht! Was für ein billiger Abklatsch einer Frau du doch bist!* Er schüttete ihr den Inhalt einer Tasse, die auf dem Tisch stand, ins Gesicht (türkischer Kaffee), lockerte seinen Griff und ließ die Statuette los, worauf sie zu Boden plumpste, er musterte sie außer Atem, sagte *so ein Saustall hier, und die Putzfrauen sollen sich abrackern, was?!*, bückte sich, hob eine Handvoll Erde auf und verschmierte sie verächtlich mit dem Kaffee auf ihrem Gesicht, *jetzt siehst du dir sogar ähnlich*, zischte er, holte sein Handy aus der Tasche und fotografierte sie. *Fotogen bist du, das muss man dir lassen, los, zeig, wie verführerisch du bist*, sie musste auf alle viere, ihre Beine spreizen und sich in allen möglichen Positionen verrenken, er knipste.

Es dauerte nicht lange, bis er sich in aller Ruhe umdrehte und zum Ausgang ging, um den Raum zu verlassen.

109. Die Ärzte spenden Hoffnung

Er rief diesen einen Arzt an, den, der Batseba in seiner Klinik aufgenommen hatte, er bat ihn, ihm zu sagen, wie die Dinge standen, was eigentlich los war. Dasselbe fragte er auch den behandelnden Hofarzt und seinen Busenfreund aus der Jugend, ebenso Arzt, *sagen Sie es mir offen und ehrlich.* Sie waren zurückhaltend, stellten verschiedene Fragen, *das Haar?, die Haut?, Schwindelanfälle?, körperliche Anstrengungen, verausgabt sie sich vielleicht zu sehr? mhm, mhm, ihre Menstruation? der Magen? die Libido? mhm, wie war ihre Kindheit, wissen Sie das? das Umfeld?*

mhm, und was ist mit persönlichen Traumata, wissen Sie da was?, Kontrollzwang?, mhm, mhm, soso, hmm, wissen Sie, die Sache ist kompliziert, es ist ein schmaler Grat, Ursprung, Beginn, Umstände, Hintergrund, Entwicklung, komplex, ganz und gar nicht einfach, aber alles deutet, leider, alles deutet auf das und das hin, die Behandlung ist normalerweise langwierig, sie wird Hilfe brauchen, dringend, rasch, schenken Sie ihr Ihre Aufmerksamkeit, stehen Sie ihr zur Seite, aber keine Sorge, wahrscheinlich ist es nicht so schlimm, wie es aussieht, das lässt sich eindämmen, die Prognose ist gut, die Prozente machen optimistisch, ich schicke Ihnen ein paar Kontakte, ich werde mich persönlich einsetzen, alles wird gut mit Gottes Hilfe, ich wünsche Ihnen beiden viel Glück und Gesundheit, möge das Königreich wachsen, blühen und gedeihen!

110. Bei der Vernissage

In der Galerie, vor dem Bild von Jože Ciuha, das sie betrachtete und sich dabei an ihre Kindheit erinnerte und an ein kleines Büchlein mit seinen Illustrationen, an den Polizisten von Fran Milčinskis *Butalci* in dem Augenblick, als er den Räuber schnappt und sagt *hopp, Cefizelj, hab ich dich!*, sie, das kleine Mädchen, betrachtete sie, und es ging ihr nicht in den Kopf, wieso die Bilder so eigenartig gezeichnet waren, verkehrt, irgendwas war nicht in Ordnung mit ihnen, immer und immer wieder nahm sie das Buch zur Hand und studierte die Linienführung, die Figuren begleiteten sie jahrelang, und noch als Erwachsene fasziniert Ciuha sie, aber jetzt respektierte und schätzte sie ihn auch zutiefst.

In der Galerie, vor dem Bild Prophet von Jože Ciuha, das ihr zugleich eine Melodie, sanfte Drums im Hintergrund und dann die Worte von Roger Waters ins Gedächtnis rief *and the monkey sat on a pile of stones, and he stared at the broken bone in his hand* und so weiter.

In der Galerie, vor dem Bild des Affenpropheten, bei der Vernissage, gesellte sich Pia Zemljič zu Batseba, deutete mit dem Glas auf das Bild und sagte etwas zu Batseba, als würde sie das Kunstwerk kommentieren, Batseba erwiderte etwas, sie starrten den Propheten an und sahen sich kein einziges Mal an.

In der Galerie, vor dem Bild, bei der Vernissage, wo es von wichtigen Leuten nur so wimmelte, gesellte sich Pia Zemljič zu Batseba, stieg mit ihrem spitzen Metallabsatz auf ihre Zehe, verlagerte ihr Köpergewicht auf den Fuß, mit dem sie auf Batsebas Zehe stand, deutete mit dem Glas auf das Bild und sagte *ich habe gehört, dass Sie mit meinem Mann schlafen*, Batsebas Gesicht blieb wie das Gesicht der Lapithen beim Angriff der Zentauren, die Fleisch gewordene Apatheia, obwohl sie am liebsten vor Schmerz aufgejault hätte, sie hob sogar selbst ihre Hand in Richtung des Bildes, als wollte sie auf ein Detail aufmerksam machen, sie sagte *nein, das stimmt ganz und gar nicht, ich habe ihn nämlich* – Pia Zemljič unterbrach sie forsch *der Buschfunk sagt was anderes*, drehte sich auf dem besagten Absatz auf besagter Zehe um und entfernte sich.

Batseba tat den ganzen Abend lang, während einer unzähligen Anzahl von Gesprächen mit wichtigen Leuten, so, als würden ihr die zertrümmerte Zehe und ihre geschändete Würde nicht wehtun.

111. Die Bestimmung des Herrschers

Der Herrscher fürchtet nichts mehr als das Antlitz, das ihn zur Tat ruft. Ist denn nicht das *Volk* seine Verantwortung, müsste es denn nicht das Heilsbringendste für ihn sein? Nichts da Individuum, nichts da einer, nichts da persönliche Angelegenheiten. Er muss die Ärmel hochkrempeln, wenn es um die Menschen, nicht den Menschen geht.

Und ein Haufen Gründe, warum er die Augen verschloss.

112. Argwohn

Was war das, nichts, keine große Sache: ein Geistesblitz. Die Schulfreundin hatte Hals über Kopf und halb unangekündigt geheiratet, war an einen schöneren Ort gezogen, *wenn das keine Trotzreaktion ist, wenn das kein Wettrennen ist, pure Eifersucht!* Sie setzte die Puzzleteile zusammen, machte eine Skizze, blähte ihre Nasenlöcher, atmete tief ein, sah ein klares Bild vor sich, schlug sich in Gedanken gegen die Stirn, was alles sie doch für sie getan hatte, und was für Gemeinheiten und Niederträchtigkeiten sie all die Jahre erduldet hatte, wieso es ihr, der Idiotin, nicht schon viel früher klar gewesen war, und wie sie jeglichen Kontakt mit der Schulfreundin abbrechen werde, mit der ehemaligen, ehemaligen! Freundin.

113. David wartet auf eine Antwort

Wegen der Anrede, erinnerte man sie, *erwartet der König in absehbarer Zeit eine Antwort. – Selbstverständlich*, sagte sie und brach in nervöses Lachen aus, nachdem sie ihr den Rücken gekehrt hatten.

114. Der Nachkomme

Sie musste sich kneifen, weil sie ihren Augen nicht traute: Der Mann, der ein paar Tische weiter saß, war David wie aus dem Gesicht geschnitten, nur jünger, viel jünger, dieselben Gesichtszüge, dieselbe Gestik. Sie fragte, man antwortete ihr: Sein Name sei Absalom, der Enkelsohn irgendeines gekrönten Hauptes, gestern noch ein Student der Betriebswirtschaftslehre, heute schon Vorstandsvorsitzender einer Bank. *Aber so eine starke Ähnlichkeit, wie kann das sein?! – Der Herr ist ein Verwandter Seiner Majestät des Königs.* Dann fragte sie nicht mehr weiter, sie ahnte, dass sie sich auf dünnem Eis bewegte, sie fragte nicht mehr weiter.

Sie trug ihrem Leibwächter auf, er solle Nachforschungen

anstellen und ihr berichten. Batseba vertraute diesem Mann nämlich, er beschützte ihr Leben mit seinem, er war ihr Verbündeter und konnte schweigen wie ein Grab, auch all die bestellten Erniedrigungen wären ohne seine Mitarbeit nicht möglich gewesen, und obendrein wollte er für solche Gefälligkeiten kein Geld haben, er war Batseba vollkommen ergeben und hatte sie zutiefst gern (Liebe an sich, wunschlose Liebe).

Er sagte ihr *das kann ich nicht machen.* Weitere Diskussionen waren überflüssig, Batseba war eine kluge Frau, es war evident, was seine Ablehnung bedeutete: Dieser Clown ein paar Tische weiter ist höchstwahrscheinlich Davids Sohn. Und das wissen alle. Oder?

115. Die Nachkommenschaft

Er lag bei vielen Frauen. Und recht oft geschah es, dass die Sterne günstig standen, die Temperatur stimmte, die Körper gesund waren und so weiter. Gamet eins, Gamet zwei, Zygote, Blastozyste. Auf den ersten Blick Prosa, doch in Wirklichkeit Poesie. Und nach ein paar Monaten der Schrei eines Kindes.

116. Das Angebot

... sie musste auf alle viere, ihre Beine spreizen und sich in allen möglichen Positionen verrenken, er knipste. Es dauerte nicht lange, bis er sich in aller Ruhe umdrehte und zum Ausgang ging, doch sie krabbelte wie ein Hund zur Tür und versperrte ihm den Weg. Sie stand auf, stolperte, nahm ihre Geldbörse aus der Handtasche, aus der Geldbörse ein Bündel Hunderter und hielt sie ihm hin. Sie sahen sich an wie zwei Gladiatoren in der Arena, auf Leben und Tod, wer bringt wen zur Strecke, es dauerte. Und dann gab ihr Mandić eine so gesalzene Ohrfeige, dass sie herumwirbelte.

Er nahm die Geldscheine, schlug die Tür zu.

117. Die Tatsachen akzeptieren

Gut, sprach sie sich beruhigend zu, *als er noch ein junger Bursche war, schaffte er es, Goliath mitten auf die Stirn zu treffen – und dann soll er kein Kind gezeugt haben?! Ich verstehe es ja*, atmete sie tief ein, *er hat ein Leben hinter sich. In Ordnung*, taute sie auf, *in Ordnung, gut. Bald ist der Marathon, gut. Ich akzeptiere: Was geschehen ist, ist geschehen. Dieser verdammte Bankert! Gut, ich bin wieder ruhig, ich habe kein Problem damit, alles in Ordnung, alles ist in Ordnung.*

Aber: Wer weiß schon alles?

118. Batseba wird von einem Rastafari gesegnet

Im Café bestellte sie einen türkischen Kaffee mit Kardamom und einen Apfelstrudel. Sie saß draußen, schaltete ihr iPad ein, recherchierte, wo sie sich so bald wie möglich eine Live-Vorstellung mit Christoph Waltz ansehen könnte, sie hatte das Gefühl, ihn live sehen zu müssen, anders ging es nicht. Ein dunkelhäutiger Mann mit einer farbenfrohen Strickmütze, die auf seinen Dreadlocks saß, trat an sie heran, schnorrte Kleingeld, sie bat ihn, sich zu ihr zu setzen. Der Mann hatte keinen blassen Schimmer, wer die freundliche Dame war, die ihm ihren Strudel überließ und ihn auf eine Schorle einlud, es war ein kurzer, aber zwangloser, fast schon lockerer Plausch. Der Mann überlegte, ob er ihr als Zeichen seiner Dankbarkeit und Wertschätzung einen Joint abtreten solle. Er zauderte, langte mit der Hand in seine Hosentasche, doch statt eines Dübels hatte er einen Segensspruch auf Lager, irgendetwas über Fruchtbarkeit, sie verstand ihn nicht gut, aber wenn, dann hätte sie gehört, dass Gott aus ihr eine starke Nachkommenschaft machen werde.

In der Nacht träumte sie die Geschichte eines großen Königs

und seiner Königin (ihr war sonnenklar, dass sie sich und David sah, aber die Frau in der Geschichte war nicht dieselbe Sie, sondern eine andere, aus einer anderen Zeit und anders, wie das in Träumen eben ist). Sie hatten einen Sohn, die geträumten David und Batseba, er folgte seinem Vater auf den Thron, und der Ruf über seine Weisheit und Gerechtigkeit verbreitete sich in der ganzen Welt. Er gefiel Gott, er machte eine Nachkommenschaft aus ihm, der über die Welt herrschte, obwohl die Welt dies nicht ganz begriff. Und er zeugte eine zweite Brut, mit der schwarzen Königin aus dem fernen Land, ebenfalls ein von Gott erwähltes Volk, jedoch begriff die Welt das nicht ganz. Sie wachte auf: Siehe, da war es ein Traum!

119. Eine kostenlose Dienstleistung

Sie bekam eine SMS: *Das von der Vernissage ist gratis :)*

120. Batseba verzichtet auf den Titel der Marquise

Sogar der König selbst muss sich manchmal sehr ins Zeug legen, um ein formloses Treffen mit einer bestimmten Person auf die Beine zu stellen. Er wollte schon Himmel und Hölle in Bewegung setzen, als er eine Nachricht erhielt: dann und dann, dort und dort. Er war pünktlich, sie verspätete sich akademisch. Er bestellte eine Kalbsroulade, Batseba einen Oktopussalat. *Ich möchte, dass es feierlich wird, aber bitte, sag endlich ein Datum. – Fünfzehnter November. – So spät erst? – So Gott will, ja. – Wann ist das, in acht Monaten? – In einunddreißig Wochen. – Warte mal, was redest du da? – Dass wir schwanger sind.*

Er klatschte in die Hände (If you're happy and you know it clap your hands), klimperte mit den Wimpern und streichelte ihr Knie unter dem Tisch.

Und die Ernennung? – Ach, was soll ich mit Titeln, vergessen wir das. Oder: Demütige mich nicht mit der Ernennung in einen so niederen Rang! Oder: Den Joker löse ich ein andermal ein.

121. Das Königspaar fällt eine Entscheidung

Man sah ihr die Schwangerschaft noch lange nicht an, als sie – nicht zum ersten Mal – zur Nackenfaltenmessung ging. Sie war ein bisschen zu groß, ein bisschen zu viel Flüssigkeit, weitere Untersuchungen wurden gemacht, es folgte der Befund: das einundzwanzigste Chromosom, oh weh, das einundzwanzigste Chromosom!

Auf den ersten Blick vielleicht schon, doch die Entscheidung war nicht einfach, sie nahmen sich Zeit, sie hatten nicht viel, aber im Grunde wollten sie nicht allzu lange überlegen, und nach langer Zeit setzten sie sich wieder in der Stille und bei Tageslicht zusammen und unterhielten sich. Mit sehr wenigen Worten. Sie schwiegen praktisch die ganze Zeit. *In dubio pro vita*, unterbrach er die aufgeschichtete Stille, es war vielmehr eine Frage als eine Aussage, und sie antwortete *natürlich, natürlich*, was sie später öfter wiederholen musste: als ihre Mutter nachfragte, als die Schulfreundin aus dem Gymnasium nachfragte, als der PR-Mann des Königs nachfragte, als der behandelnde Hofarzt nachfragte, und jeder von ihnen musste, als er die Antwort hörte, ordentlich schlucken.

122. Nachfrage

Der behandelnde Hofarzt fragte bei David vorsichtig bezüglich Batsebas Anorexie nach. *Ich lege diese Angelegenheit in Gottes Hand und glaube fest daran, dass sie sich früher oder später von selbst erledigen wird, jetzt, da sie ... Dass ihr Körper ihr sagen wird, was und wie viel sie braucht. Ich hoffe und vertraue darauf.* Der Doktor *aber, aber.*

123. Fassade

Weil ihn die Debatte im Gentlemen's Club diesmal nicht ansprach, schweifte er mit seinen Gedanken ab. Schließlich ertappte er sich dabei, dass er einen der Herren anstarrte. Den, dessen Kind vor nicht ganz einem Jahr gestorben war. Genau genommen nicht sein Kind, sondern sein Stiefsohn. Weil er sich irgendein seltsames Bakterium eingefangen hatte, weswegen eines Nachts seine inneren Organe versagten. Genau genommen war es kein Bakterium, sondern der Penis des Stiefvaters, der den Dickdarm durchbohrt hatte. Einflussreich und mächtig, wie er (der Stiefvater) war, besagte der Obduktionsbefund *Bakterium.*

Er (David, aber nur in Gedanken) zischte *Scheinheiliger Heuchler!* Der Gentleman zischte zurück: ... *sagt der Feldherr, dessen Generäle durch Schüsse in den Rücken gefallen sind!*

124. Botschaft für die Öffentlichkeit

Der Busen wurde immer üppiger, das Bäuchlein begann sich zu wölben. Es war so weit, man musste in die Kamera sagen *ja, wir erwarten ein Kind.* Man musste ein paar Fragen beantworten. Man musste auch jenem Journalisten antworten, der mit der einen Krankenschwester schlief, die ihren Mund nicht halten konnte, die auf jener Abteilung im Krankenhaus arbeitete, aber nicht mehr lange. Er fragte direkt heraus. Sie antworteten direkt heraus. Und fügten hinzu: *Unser Kind wird geliebt – jetzt und später.*

Obwohl es massenweise Leute gab, die die beiden für wahnsinnig hielten, manche sogar für Poser, stiegen König Davids, der das auserwählte Volk sanft und besonnen führte, Ratings sprunghaft an. In jenen Tagen betete das Volk auch mehr als sonst.

125. Die Schulfreundin verschweigt ihre Schwangerschaft

Der gesamte Hofstaat und alle Mitarbeiter waren angesichts des Zustands Ihrer Majestät furchtbar rücksichtsvoll und servil, sodass sie bald die Nase voll davon hatte. Sie rief die Schulfreundin aus dem Gymnasium an *ich bin doch nicht krank, ich bin schwanger.* Die hörte ihr zu und erzählte ihr von ihrem Urlaub in Georgien, was für tolle Weine sie und Schatzi getrunken hatten (*die nennt ihn allen Ernstes Schatzi?!*) und wie angetan sie von der dortigen Weinbautradition gewesen waren, *weißt du eigentlich, dass die Georgier weltweit die Ersten waren, die Wein angebaut haben?* Dazwischen zerbrach sie sich den Kopf darüber, ob sie Batseba jetzt erzählen sollte, dass sie selbst in anderen Umständen war oder lieber noch ein bisschen warten sollte. Und wenn ja, wie lange, sie war schließlich vor ihr schwanger geworden, und bei ihren Untersuchungen sah alles blendend aus, um die Parameter ihres Mädchens müssten sie alle Föten auf dieser Welt beneiden.

126. Absalom tötet Amnon

Batsebas Kolleginnen tranken Kaffee und tratschten mit einer beachtlichen Portion Anteilnahme, und zwar dass es um den Typen, über den sie sich das Maul zerrissen, wirklich *schade* sei, und was ihm passiert war, sei *schrecklich.* Erstens, weil er total scharf war, und zweitens, weil er in Handschellen abgeführt und hinter schwedische Gardinen gesteckt worden war. Weil sich Batseba nicht mehr das Büro mit ihnen teilte, hinkte sie beim Wissen über das Weltgeschehen ein wenig hinterher. Sie hätte alles aufholen können, wenn sie die Regenbogenzeitschriften bei der

Frisörin durchgeblättert hätte, doch dort genoss sie eine Spezialbehandlung ohne Wartezeiten (ganz abgesehen davon, dass auf den Clubtischen der ayurvedischen Hairstyle-Salons solch bunte Literatur nicht auflag). Deswegen musste sie, ungern, nachfragen und nachbohren. Wer, mit wem, wo, wann. *Weißt du das etwa nicht?! Dieser Bankier, Absalom, ist in einen Mord verwickelt.* Wen, wie, warum? *Eine Vergewaltigung, angeblich, ihr eigener Bruder, vor ein paar Jahren, keine Ahnung, man sagt, er hat gewartet, Rache, wahrscheinlich kommt er bald raus, die besten Anwälte, aber er ist wirklich scharf, also – das erste Mal würde ich ihm nicht in Rechnung stellen … hi hi hi.*

So ein Unsinn, winkte sie ab und ging in ihr Büro, um über das Internet die Deftigkeit dieser heißen Story aufzusaugen, und vor allem, um herauszufinden, ob das zotige Geschreibsel eine verwandtschaftliche Verbindung zwischen David und dem jungen Absalom erwähnte (annahm, spekulierte). Die Details, in was für einer Blutlache man irgendeinen Amnon gefunden und wie viele Schläge mit einem stumpfen Metallgegenstand er abgekriegt hatte, beunruhigten sie weniger, allerdings brach ihr der kalte Schweiß aus, als sie auf Fotos drei junge Gesichter betrachtete: den Mörder, das Opfer und die Schwester des Ermordeten, wegen der Blut geflossen war – sie sahen sich verdammt noch mal zu ähnlich. Alle drei. (Sie fand keine Andeutungen zum Verhältnis König–Bankier. Was für eine Erleichterung!) Sie stand auf, ging in ihrem Büro im Kreis, ihre Knie zitterten. Sie wählte die Nummer ihres Schutzengels und trug ihm auf, er solle sie sofort holen, sie müsse trainieren. Als sie ins Auto stieg, fragte sie mit ausweichendem Blick und ohne die Lippen zu bewegen direkt heraus *sagen Sie mir nur eines, haben Absalom und die anderen zwei denselben Vater?* Auch der Leibwächter sah woanders hin und bewegte seine Lippen kaum *ja.*

127. David trauert um seinen Sohn

Geben Sie Gas! Nach Hause, schnell, rein in Sportkleidung und Laufschuhe, na los, wo sind die Gewichte, wo der Fallschirm, Gas!

Sie fand ihn kniend, in Tränen aufgelöst und untröstlich vor, sie wollte schon losschreien, sich auf ihn stürzen und ihn in Stücke reißen, aber. Sie setzte sich zu ihm, schlang ihre Arme um seinen Hals, ließ zu, dass er ihr ins Ohr heulte, dass der königliche Rotz ihr Haar verklebte. David spürte die weiche Umarmung seiner Frau, doch er spürte auch die kühle Zurückhaltung. Er war so allein, so allein auf dieser Welt.

128. Schwangerschafts-beschwerden

Batseba rief sie an, fragte nach der Gesundheit und was es Neues gab. *Ja, gesund, alles super, schwanger. – Junge, Mädchen, wisst ihr's schon? – Mädchen, mhm, noch ein paar Wochen, ich hab Kreuzschmerzen, geschwollene Beine, Himmel Herrgott – hast du auch Hämorrhoiden, furchtbar. – Nicht wirklich*, sagte sie, die das Gefühl hatte, dass in ihrem Darmausgang Rasierklingen tanzten, *nicht wirklich.*

Na klar, wann sagt sie's mir: ein paar Tage vor dem Geburtstermin. Typisch!

129. Der Prozess

Absaloms Prozess zog sich ewig in die Länge, ein Ende war nicht abzusehen. Die Waage neigte sich mal auf die eine, mal auf die andere Seite, aber immer weniger zugunsten Absaloms. David zitterte um ihn, doch er zog keine Strippen, er funkte dem Gerichtsverfahren seines Sohnes nicht dazwischen. Batseba empfand

Erleichterung dabei, aber auch Sorge: Was, wenn unser Kind eines Tages in der Klemme steckt?

130. Forma rotunda forma perfecta

Du bist schön, sagte er zu ihr, als sie im Spiegel ihr wachsendes Profil betrachtete. (Schön, Tochter Jerusalems, meine Freundin, meine Schwester.) Sie küsste ihn auf die Stirn.

131. Kurzweil

Ein Klaps auf den nackten Hintern mit der Rechten. Das Haar mit der Linken fest zugepackt. Das Mädchen, das der König von hinten nahm, war von bezaubernder Schönheit, ihr junger Rücken krümmte sich geschmeidig, ihre Ohs und Ahs klangen samten streichelnd nach, doch das erste Männchen im Land fand das alles überaus langweilig. Die Zwillingsschwester half nach bestem Wissen und Gewissen nach, auf den weichen Kissen liegend spreizte sie ihre Beine vor den beiden und steckte handliche Hilfsmittel in sich hinein, ihre Silikonpölsterchen bebten nervös. Er nahm keine Notiz von ihr, weshalb sie ihre Schwester wegzog und sie von den königlichen Hüften wegriss, sich selbst in Position brachte. (Langweilig, langweilig.) Die Fortgerissene war nur wenige Augenblicke lang verwirrt, dann nahm sie von dem Ständer auf der Kommode die Perücke à la Marilyn Monroe und setzte sie auf Davids salbungsvollen Kopf, schnallte sich einen Strap-on um und hopp hinter den König und hopp Spucke in die Arschritze und hopp rein in den König. (Oh!)

132. David erlaubt sich einen Scherz

Erster April. *Ich weiß gar nicht, wann ich jemanden das letzte Mal reingelegt habe*, räusperte sich David in aller Frühe, *ha, super, eine Idee!* Am Abend wünschte er mit seiner Frau zu sprechen. *Das Wohlwollen der Öffentlichkeit sinkt, ich werde eine Neuheit einführen, ich habe Folgendes beschlossen: Meine Leibgarde wird von nun an nur aus Frauen bestehen, schön, jung, alle einen Meter achtundsiebzig groß.*

Batseba spuckte nur ein einziges Mal jemandem ins Gesicht. Dieses Mal.

133. Die Geburt

Er hielt ihre Hand, massierte ihren Rücken, atmete mit ihr, spielte Karten, die ganzen zwölf Stunden lang, alle sieben abgesagten oder verschobenen Besprechungen und den Besuch einer Grundschule lang. Die Unruhe im Kreißsaal wurde durch seine Ruhe gelockert. Die Hebamme war Ohnmachtsanfälle von werdenden Vätern gewöhnt, allerdings war sie noch nie einem Papa begegnet, der das Gebären mit solch souveräner Ungezwungenheit nahm. *Ach, ich habe mein halbes Leben auf Schafweiden verbracht, wissen Sie, wie viele Geburten ich hinter mir habe. Und was für welche!* (Er wollte schon erzählen, wie ein Schaf aus seiner Herde einst ein zweiköpfiges Lamm geworfen hatte. Die Worte blieben in der Luft hängen.) *Und die zweite Hälfte auf dem Schlachtfeld.* (Er wollte sagen: Ich bin auch Blut gewöhnt.) Er hörte seine eigene Stimme, es klang wie: Ich bin das Gebären gewöhnt, das Sterben ist mir vertraut.

Die Hebamme machte einen Verlegenheitsscherz, und alle lachten. Und glaubten gemeinsam für einen Augenblick, dass aus menschlichen Spalten nur vollkommene Wesen rutschen.

Als der Kleine zur Welt kam, glibberig und fleckig und deformiert, platzte das Gewand der königlichen Herzen aus allen Nähten.

134. Gott ist ein gerechter Richter

Und der HERR schlug das Kind, das Urijas Frau David geboren hatte, dass es todkrank wurde. Und David suchte Gott um des Knäbleins willen und fastete, und wenn er heimkam, lag er über Nacht auf der Erde. Da traten herzu die Ältesten seines Hauses und wollten ihn aufrichten von der Erde; er aber wollte nicht und aß auch nicht mit ihnen. Am siebenten Tage aber starb das Kind.

135. Lebensdauer

Sie ließ ihn eine Woche lang nicht los. Eine Woche, ein ganzes Leben.

136. Die Stütze

Die Schulfreundin aus dem Gymnasium, eine stillende Mutter, kam aus dem Norden angeflogen, sagte, das Kind sei versorgt und dass sie bleiben könne, so lange sie es wünsche. Ihre Schulter stand bedingungslos zur Verfügung, ihre Pullover und Blusen waren bereit, literweise Tränen aufzusaugen, wenn es sein musste. Sie blieb zwei Wochen bei ihr, war keine Sekunde lang schroff oder grob, erwähnte mit keiner Silbe ihre eigene Geburt (die zweimal um den Hals gewickelte Nabelschnur und den Kaiserschnitt), sie konnte auch gut mit Stille, tröstete mit Schweigen.

Später nagte es noch lange an Batseba, dass sie zugelassen hatte, dass sie sie in so schlechter Verfassung gesehen hatte.

137. Die Beerdigung

Alle Beerdigungen mit kleinen weißen Särgen sind erschütternd: Die Trauer verdichtet sich so sehr, dass man sie greifen kann, wie aufgeplustert dringt sie in die Totenkapelle ein und besetzt spöttisch den Raum. Speckig, klebrig, mit jeder weißen Blume üppiger. Sie kratzt in den Hälsen der Trauergäste, zwängt sich zwischen sie, stößt sie in die Rippen, drängt sich an die Spitze des Trauerzuges und paradiert triumphierend. Um sie zu vertreiben, haben die Trauernden für Totenglocken und Messen gezahlt, an diesem Tag wurde für dreihundertfünfundsechzig Messen gesammelt, sie wurden an jedem Tag des Jahres in einer anderen Pfarrei gelesen.

138. Der Einschnitt

Sie packte alle Laufdressen und Schuhe zusammen und warf sie ins Feuer, das der Leibwächter pflichttreu vorbereitet hatte, und war fest entschlossen, in ihrem Leben keine einzige Minute mehr zu laufen. Sie fühlte sich wie damals, als sie, noch keine zwei Jahre alt, ihren Schnuller weggeworfen hatte. Ein, zwei Tage später hatte sie wie besessen in den Abfalleimern danach gewühlt. Ihre Mutter kaufte ihr einen neuen. Auch diesen warf sie demonstrativ weg.

Nie wieder, keinen einzigen Kilometer!

139. Das Volk muntert die trauernde Mutter auf

Das neue (obskure) Gymnasium wurde nach ihr benannt. Sie wurde eingeladen, bei der Eröffnung einen Baum im Park der Schule zu pflanzen. Bei der Auswahl der Baumsorte vertraue man ihr voll und ganz, es sei der erste Baum im Park, die restliche Vegetation würde daran angepasst, also ihm untergeordnet. David sagte *der Trompetenbaum ist ziemlich selten, er hat eine wunderschöne breite Krone, seine Blätter sehen aus wie große Herzen, und die Blüten sind irrsinnig bezaubernd, wirklich. Oder der Maulbeerbaum, zum Beispiel, der Baum der Weisheit, er wächst zwar langsam, aber wenn es so weit ist, uuuuh, eine Baumkrone, wie sie im Buche steht. Vielleicht ein Ginkgo, er ist seit Jahrmillionen unverändert, eine Heilpflanze, gut für das Erinnerungsvermögen.* Sie hörte ihm aufmerksam zu und tendierte zur Maulbeere. Während einer Fahrt allerdings fragte sie den Leibwächter nach seinem Lieblingsbaum. *Der Speierling,* sagte er und schwelgte in Kindheitserinnerungen. Wie sich die kleinen Rotznasen im Herbst bei der Großmutter nicht sattessen konnten an der Süße der unscheinbaren Früchte, wie der Baum am Rande der Wiese unweit des Steinbrunnens wuchs und noch Hunderte Geschichten mehr, die damit zusammenhingen.

Sie pflanzte einen Speierling. Der Biologieprofessor empfand diese Geste als persönlichen Triumph (er hatte die Direktorin inbrünstig gedrängt, einen Obstgarten statt eines Parks zu pflanzen), in seinem Artikel über vergessene und übersehene wilde Waldfrüchte, die in einer Fachzeitschrift über Bäume erschien, würdigte er sie explizit.

Das Bäumchen verdorrte nach einigen Wochen. Der Professor pflanzte heimlich ein neues.

140. Brandmarken

Sie klopfte die Asche konsequent in den Aschenbecher ab, und als garantiert niemand in der Nähe war, drückte sie die Zigarette auf dem weichsten Teil ihrer nackten Fußsohle aus.

141. Die Veränderung, die keine ist

Wie sehr sie sich den Kopf darüber zerbrach, ob sie ihre Arbeit kündigen sollte oder nicht. Wie oft ihr die Rolle der Vertreterin der Arbeiterklasse auf dem königlichen Hof gelegen kam. Wie viele Aufträge sie der Firma nur aus dem Grund brachte, weil sie die Frau des Königs war (unentbehrlich, unersetzlich). Wie gut sie in ihrer

Arbeit war (der Geschäftsführer betonte das unentwegt). Wie ihr Gehalt von Monat zu Monat stieg. Wie sie gelobt und bewundert wurde. Wie sie den Neid in den Gesichtern aus nächster Nähe erkennen konnte. Wie jemandes Karriere, sobald er sie schief ansah, besiegelt war. Wie sie ohne diesen einen Fuß auf plebejischem und dem anderen auf patrizischem Boden nicht wäre, was sie war. Wie sie wegen des Verlusts ihres Kindes nicht bedauert werden wollte. Wie sie nicht als hart und kalt rüberkommen wollte, wenn sie von ihren Mitarbeitern verlangte, den verstorbenen Sohn nicht zu erwähnen. Wie sie nicht wollte, dass sie ihn erwähnten. Wie sie nicht wollte, dass er tot war. Wie sie keine kleinen Leichen mehr zur Welt bringen wollte. Wie ihre innere Uhr tickte. Wie ohnmächtig sie war. Wie Gott, an den sie nicht glaubte, groß war.

142. Auf dem Friedhof

Sie stand an dem kleinen Grab, betrachtete das Flackern der Flamme. Der Totengräber beobachtete sie aus der Ferne und stellte sich vor, dass er an ihren Gesichtszügen erkannte, wie es ihr ging: dass sie nichts fühlte. Als hätte man sie der Länge nach aufgeschlitzt, sie geöffnet und der Bora im Karst überlassen, so eine trockene, leere Trauer, nichts. Sie wechselte das Wasser in der Blumenvase, obwohl das bereits am Vormittag erledigt worden war, der Plebs brachte jeden Morgen frische bunte Blumen, weiße Kerzen, Teddybären zum Grab. Eine Träne des Mitgefühls rollte über seine Wange. Ein Knochenjob.

143. Die Begnadigung

Der König durfte Häftlingen unter Berücksichtigung der Schwere ihres Verbrechens besondere Gnade erweisen, ihre Strafe erlassen, zum Beispiel, oder ihre Haftstrafe in Hausarrest umwandeln. Absaloms Grund ist gerecht, überlegte David, seine Tat hingegen in keiner Weise (er hatte die Vergewaltigung seiner Schwester gerächt, allerdings: Er hatte seinen Bruder getötet. Seinen Halbbruder.). Doch weil David eben ein komischer Kauz war, vergab er den Menschen (Söhnen), die ihn am festesten in die Weichteile traten, am schnellsten.

Das Söhnchen wischte sich mit dem Bescheid über die Möglichkeit der Strafverbüßung außerhalb der Gefängnismauern den Arsch ab. Doch den Gnadenakt nahm es mit großer Erleichterung entgegen.

144. Die Zurückweisung

Sie rief Mandić wieder an und schlug ein Treffen vor. In einer leeren und verlassenen Lagerhalle warf sie einen Hunderter auf den Boden. Er starrte den Schein an, neigte den Kopf, presste die Lippen leicht zusammen. Sie warf noch einen dazu. Und noch einen und so weiter. *Unsere Vereinbarung*, kommentierte er den übersäten Boden, *war glasklar. Ich kann für Sie spielen, aber das hier … Wir sind fertig. Endgültig. – Bitte*, flehte die Domina-Fee. *Bitte.*

Nö-ö.

Wissen Sie, hob sie trotzig das Kinn, *einem Schauspieler kann heutzutage recht schnell was zustoßen, sodass er keine nennenswerten Rollen mehr bekommt. – Sie haben recht*, hob die MandićMaschine die Brauen, sah sie an und sagte mit Caligulas Stimme, mit Hamlets Stimme, mit Ödipus' Stimme, *das Spielen ist so eine … delikate Angelegenheit.*

Es demütigte sie, dass er sie mit so unverhohlenem Zynismus wissen ließ, wie dickhäutig er gegenüber ihren Drohungen war (plus: Er besaß noch immer diese Fotos) und wo ihr Platz war. Es demütigte und schmähte sie – ungleich stärker als die Szenen, für die sie ihn vor einiger Zeit bezahlt hatte. Es tat mehr weh als die Schläge, für die sie ihm jetzt vergeblich Geld vor die Füße warf. Sie stürzte sich wütend auf ihn (er beobachtete sie ruhig, ohne mit der Wimper zu zucken), er blieb an Ort und Stelle stehen, überlegen und bühnenwirksam. Sie stieß nicht mit ihm zusammen, verfehlte ihn absichtlich, tobte weiter, lief mit voller Wucht gegen die Wand und ging (als wäre die Wand in sie gekracht) k. o.

Marko Mandić verließ souverän das Geschehen (in Wirklichkeit zitterte er), der Leibwächter hob Batseba zärtlich vom Boden auf, der dicke Kloß in seinem Hals konnte weder rauf noch runter, er hielt sie in seinen muskulösen Armen wie ein überfahrenes Kätzchen, schlaff und federleicht, wegen der Tränen in seinen Augen war seine Sicht getrübt und er musste sich zurückhalten, damit er sie nicht auf die zerklüftete Wange küsste.

145. Ein vorübergehender Rückzug

Er meldete dem Hof, dass Ihre Majestät eine Weile abwesend sein werde, er gab auch Batsebas Büro Bescheid. Sie kam erst in der Hütte wieder zu Bewusstsein, es roch nach Hühnersuppe. Sie nahm schweigend am Tisch Platz und verputzte sie bis auf den letzten Tropfen. Sie berührte die Wunde in ihrem Gesicht und blickte dem Leibwächter in die Augen *und was machen wir jetzt?* Das Wir verwirrte ihn, er sagte, sie müsse sich ausruhen, sie protestierte, er blieb dabei. *Lesen Sie mir etwas vor, bitte*, gab sie nach, legte sich hin und beobachtete aus dem Augenwinkel, welches Buch er aus dem Regal nehmen würde. Er griff blindlings hinein: Taras Bulba. (*Oh, das müsste er David vorlesen*, dachte sie mit bitterem Zynismus und schloss die Augen.)

Der Leibwächter tat, als würde er lesen. Er trug Verse von Dichtern vor, über die er in der Schule gelernt hatte, und von Dichterinnen, die mit keiner Silbe erwähnt worden waren, auswendig, fast eine Stunde lang. Batseba merkte schon bald, dass der Mann ihr weder Gogol noch sonst einen anderen Roman vorlas.

Ist meine Liebe platt, oder wär es möglich,
dass eigentlich dein Herz platt ist – dunkel ist es, mag

kein Licht, keinen Luftzug, sag's mir, Herz, sprich.

Wissen Sie, dass Tesla den drahtlosen Strom erfunden hat, flüsterte sie nach längerem Schweigen. Er lachte, sie hörte es: was für ein schönes Lachen, wie angenehm es doch war, als sich Schwingungen des leibwächterschen Lachens auf ihren brennenden, zerquetschten Körper legten.

Als sie in der Nacht pinkeln musste und sich beim Händewaschen im Spiegel betrachtete, schien ihr die Batseba, die sie daraus ansah, verändert.

146. Die Pilgerfahrt

Der König hatte es noch nie mit so einer Bitte zu tun gehabt und war ziemlich skeptisch: dass ein Normalsterblicher, ein Durchschnittsbürger wie Batsebas Leibwächter, Gott um Gnade für seine Frau bat! Und überhaupt, was sollte das heißen, glaubte er denn tatsächlich, dass der Höchste wegen seiner barfüßigen Pilgerfahrt nach Rom die Ohren spitzen würde?! Und wie konnte er es überhaupt wagen, das laut vor ihm auszusprechen, vor dem Mann, der seine eigene Frau am besten kannte?! Man hatte ihn schon kritisiert, ja, aber so niederträchtig noch nicht!

Er schlug die Drecksau mit einem vom Papst höchstpersönlich geweihten Zepter, brach ihm den Kiefer.

147. Hochmut

Er wollte im Club über Opfer für andere sprechen, was die Herren darüber dachten. Der weise Student, der nicht selten verblüffte, warf auf die Diskussion und den weitgehenden Konsens, dass es zweifellos überaus edel sei, das Kreuz seines Nächsten zu tragen, ein *Gott für das Leid eines anderen zu bitten, ist gewöhnlicher geistiger Hochmut!* David gefiel die Antwort. Und zugleich nicht.

148. Batseba bietet sich als Patin an

Sie erhielt ein hübsches Paket. Sie öffnete es auf der Terrasse, wo ihr Ingwerlimonade mit Tannenhonig serviert und der Aschenbecher emsig gewechselt wurde. Die Schulfreundin aus dem Gymnasium hatte ihr ein dickes Album mit Fotos von ihrer Welt geschickt, von der sie während ihres zweiwöchigen Aufenthalts am königlichem Hofe nicht gesprochen hatte (weil die Gastgeberin sie nicht danach gefragt hatte) – ein schmuckes Haus mit blühendem Garten im Vordergrund, zweihundert polierte Pferdestärken in der Einfahrt, eine Umarmung des schönen arischen Mannes mit seinen beneidenswerten Tätowierungen und ein krabbelndes, Purzelbäume schlagendes, schlafendes, weinendes, essendes, spielendes, lachendes kleines Mädchen, Papas Liebling, Mamas Sonnenschein, ein wahrer Schatz, die Schönste auf der ganzen Welt (ein Kind wie jedes andere).

Sie rief sie an, äußerte ihre Begeisterung über sie und das Nest und das Küken und bot sich als Patin an. Die Schulfreundin sagte, sie habe die Religion gewechselt und – leider.

149. Der Wunsch

Sie überlegte, konnte sich aber nicht mehr erinnern, wie viel Zeit vergangen war, seitdem, und wenn man sich nicht mehr erinnern kann, ist das ein Zeichen dafür, dass es zu lange her ist. Sie huschte zum König ins Bett, und nach einem kurzen Vorspiel drückte er sie gegen die Wand und schnaubte. Nach ein paar Stößen bekam er höllische Kreuzschmerzen, weshalb sie auf halbem Wege aufhörten. Sie konnten die Sache mit ein bisschen Fantasie retten, doch Batseba sehnte sich nicht nach Befriedigung, sondern nach einem Kind.

150. Gier

Der Kabinettschef versuchte sie aufzuhalten, jedoch ohne Erfolg. Sie drang in Davids Büro ein, legte den Hörer auf die Gabel (Gespräch mit der Präsidentin der Europäischen Kommission), zog sich nackt aus und setzte sich rittlings auf ihn wie ein ausgehungertes Tier.

151. Ausgelassene Stimmung

Meine Mutter kocht Kaffee nur aus Zichorie, nur aus Zichorie (Batseba sah aus dem Fenster in die Ferne), er vokalisierte die Melodie, *tja di, da di, da di da da*, er war gut gelaunt: Seit Tagen legte man ihm die Reaktionen auf die Buchausgabe der Psalmen auf den Tisch, die Rezensenten überschlugen sich vor Begeisterung, die Kritiker stellten ihn an die Spitze des Kanons, die Literaturtheoretiker meißelten seinen Namen in die Sterne, die Publizisten schwadronierten, wie sehr ihre Ära doch gesegnet sei, als hätte ihm Gott selbst diktiert und überhaupt und so weiter. David näherte sich seiner Frau von hinten, legte ihr eine neue Perlenkette um den Hals, verschloss sie, *und es duftete, und es duftete*, küsste ihren Nacken, tanzte im Walzerrhythmus aus dem Salon, als wäre nichts gewesen, *wir brannten Gerste, Körner, juhee, und es duftete, ach, wie Kaffee.*

152. Ein neuer Leibwächter

Ein unbekanntes Gesicht in bekannter Uniform öffnete ihr die Autotür. Sie sagte nichts, stellte keine Fragen, zeigte mit keiner Regung, dass sie die Veränderung bemerkt hatte. Ihre Knie wurden weich und ihr Blick trübte sich *wo zur Hölle ist er heute?!* Lebte er überhaupt noch, würde er zurückkommen, war ihr Geheimnis sicher? Der neue Leibwächter faselte irgendetwas von der

Ehre, für ihre Sicherheit verantwortlich zu sein, und der Garantie, dass ihr nichts zustoßen könne, solange er sie bewache. Es juckte sie, ihn zu fragen, ob er diese Stelle vorübergehend oder fix angenommen hatte, doch sie nickte nur damenhaft und versicherte ihm, dass sie keinerlei Bedenken und Sorgen habe.

Ihr Magen krampfte sich zusammen, ihre Handflächen waren schweißnass, ihre Welt stand Kopf. Wie sollte sie es herausfinden, ohne zu fragen. Bei Hofe Fragen zu stellen war, als würde man sich eine Stecknadel ins Auge rammen. Es gab nur einen Einzigen auf der Welt, den sie fragen konnte, einen Einzigen.

153. Größe

Mit jedem Lied werde ich mehr!

154. Batseba fällt in Ohnmacht III

Das erste Ehepaar des Königreichs besuchte die traditionellen Bauernspiele. Die PR-Leute versicherten ihnen, dass es nicht protzig rüberkommen werde, dass aber auch nicht allzu viele Leute dort sein würden, eine kleine Veranstaltung der lokalen Landgemeinschaft. Als Willkommensgruß würde man ihnen Brot und Salz überreichen, ihnen Kränze aus Feldblumen auf die Köpfe setzen, sie würden mit dem Bürgermeister ein paar Fotos vor der renovierten Wassermühle machen, danach würde sich David mit den Dorfbewohnern im Tauziehen messen, und dann würden sie zur Wein- und Käseverkostung zu einem Lokalpromi gehen, einem respektablen Gönner von Abigajils Stiftungen.

Als sie bekränzt wurden, brach Batseba zusammen, als hätten sie anstelle von Blumen eine Abrissbirne auf den Kopf bekommen. Die offizielle Version: Dehydrierung.

155. Fürsorge

Du bist mir nicht egal, betrachtete er nach einem weiteren zornigen Liebesakt ihre hervortretenden Gelenke, spitzen Hüften, alten Narben und frischen Wunden, Teilnahme ohne das geringste Pathos, Minimalismus in Gesten und Worten, purer Edelmut, edle Aufrichtigkeit. Batseba schüttelte es, es brannte in ihrer schmerzerfüllten Seele. Sie hörte eine Stimme, die nicht da war, Worte, die niemand aussprach, jemanden, der nicht bei ihr war *ach, Schnuckiputzi, du bist besorgt und beunruhigt um viele Dinge, eins aber ist nötig.*

Schnuckiputzi?

156. Zahnschmerzen

Die schlimmsten Dinge auf der Welt sind *Zahnweherei* und *Arschjuckerei*, hatte einst ein Hauptmann gesagt und seinen Hintern an einem Pfosten gescheuert. Diese Szene aus dem Armeelager erschien nach einigen Jahren wieder vor seinen Augen, wie Prousts Teegebäck, aber ganz anders. Er wollte lachen, weil es komisch war, aber es tat viel zu weh, und Tränen sammelten sich in seinen Augenwinkeln. Und nicht nur der Zahn tat ihm weh, sondern der ganze Körper und die Seele in einem Umkreis von zehn Kilometern – so groß war der Schmerz. Der Backenzahn. Donner und Doria!

157. Gerüchte

Davids Innenminister war ein stattlicher Mann. Sportlicher Körperbau, braun gebrannt, volles Haar. Er war gern unter Leuten, schüttelte ihnen die Hand, trank und tanzte mit ihnen, mähte ihre Wiesen, pflügte ihre Felder, asphaltierte Straßen, leerte Mülltonnen, backte Potitzen, verputzte Wände. Er war beliebt bei Jung und Alt. David hatte einmal über ihn gesagt *wenn wir eine Republik hätten, wäre der Typ Präsident. – Da bin ich mir nicht so sicher, Eure Majestät*, widersprach der Premier, *sein diplomatischer Einfluss ist recht begrenzt.* David zuckte nur die Achseln und dachte sich: Mein Gott, was für eine schlechte Menschenkenntnis.

Die Leute aber begannen zu tratschen, dass sich der Innenminister einen Harem halte. Dass sie scharenweise junge Maiden, vollbusige Frauen, schöne Mädchen sähen, die bei ihm ein und erst nach einigen Stunden wieder aus gingen. Dass er Gott weiß was mit ihnen mache. David schlug sich auf seine Seite, winkte ab *was für ein Unsinn!*

158. Die Unnötigkeit von Schmerz

Zwischen lauter unscheinbaren Weißen glänzte eine Dunkle. Amalgam kann noch so beständig und hübsch und silbern sein, mit den Jahren entsteht daneben ein feiner Riss und versteckt hinter dem silbernen Krönchen ohoho, und dieser Dreck greift das Zahnfleisch an, nagt am Zahn, pikst den Nerv. Der Zahnarzt schaut nach, der Zahnarzt sieht: alles tiptop. Aber dann öffnet der Zahnarzt die Plombe und findet – ohoho!

Dann geschah Folgendes. Der Zahnarzt fragte den König, ob er eine Lokalanästhesie wünsche. Nicht, dass er glaube, dass er den Schmerz nicht ertragen könne, aber warum sollte er ihn ertragen, nach so vielen Kampfwunden in der Vergangenheit. *Sie haben richtig entschieden*, lautete die Antwort des Weißkittels auf Davids Nicken, *Spritzen sind was für Menschen.*

159. Raushalten

Den König rettete die Philosophie selbst vor der Philosophie, Gleiches mit Gleichem, Levinas war seine Inspiration, Žižek die Erlösung. Levinas forderte die radikale Verantwortung für den

Anderen, Žižek demolierte sie mit der Aussage, dass der Andere niemals nur ein hilfloses, blindes Opfer ohne Verantwortung sei. Er beschloss *Batseba, du bist frei, entscheide dich.*

160. Krieg und Frieden

Ihm wurde von Monat zu Monat bewusster, dass ein Volk zu regieren zu Kriegszeiten einfacher war als in Frieden und Wohlstand. Im Königreich herrschte Frieden: Die Opposition erstarkte. Was noch schlimmer war: Ihr stiller Spiritus agens war Absalom, Knochen seines Knochens, Fleisch seines Fleisches.

161. Unternehmertum

Sie hatte immer mehr das Gefühl, dass es Zeit war für eine Wende. Eine äußere, die in Wirklichkeit eine innere war. Von einem Hügel aus betrachtet wäre es nur eine *Veränderung*, vom Mond aus gesehen nicht einmal ein Tüpfelchen. (Vom Mond aus gesehen ist die Welt blau, schön und ruhig.)

Sie kündigte und gründete ein eigenes Unternehmen (sowie zwei Partnerfirmen in Bahrain und auf den Bermudainseln). Sie nannte es Alset, die Branche blieb dieselbe. Sie suchte die Räumlichkeiten selbst aus, ohne Makleragentur, nach ihren Vorstellungen und ihrem Geschmack. Ein minimalistisches Gebäude, große, luftige Büros, in der Nähe von Kindergarten und Grundschule. Sie suchte das Mobiliar selbst aus. Verhandelte beim Preis. Gab den Auftrag, die Neonlichter und LED-Lampen zu entfernen und klassische Glühbirnen anzubringen. Sie ließ in jedes Büro üppiges Grün bringen. Hängte großformatige Kunstwerke an die Wände (eine einjährige Anmietung). Sie wollte eine für Augen, Luftwege, Haut, Hunde und Seele freundliche Arbeitsatmosphäre schaffen. Penibel beaufsichtigte sie jeden Renovierungsschritt. Wachsam verfolgte sie die Entstehung der grafischen Durchgestaltung. Stellte Buchhalter, Anwalt, Personalmanager und Putzmann ein.

162. Ein freundschaftlicher Besuch

Sie hatte plötzlich Bauchweh, die Gastgeber boten ihr ein Gläschen Magenbitter an (der Polizeiminister) und bestanden darauf, dass sie sich einen Moment ausruhte (die Ehefrau des Ministers). Sie brachte sie in ein Zimmer mit einem bequemen Sofa, während sich die Männer zwischen dicken kubanischen Schenkeln gerollte Zigarren anzündeten. Bevor sie sich hinlegte, blieb ihr Blick auf einem riesigen schwarz-weißen (blau-blauen) Foto auf der Staffelei hängen, und sie bekundete ein großes Maß an Interesse dafür, für die Technik, den Fotografen. *Cyanotypie, mein Mann liebt die Analogfotografie, er hat sich im Keller eine Dunkelkammer eingerichtet, ein verblüffendes Hobby, er hat mich damit angesteckt.* (Was erklärte, weshalb ihr das Objekt – eine Frau an einer Hundeleine – so ähnlich sah.)

Als sie sich wieder besser fühlte, stieß sie zur paffenden Gesellschaft dazu. Die Frau des Ministers nutzte den Augenblick, als der König seine Blase leerte, und unterrichtete ihren Mann in einem besonderen Tonfall darüber, dass die hohe Gästin sein Werk gelobt habe. *Sie sind also ein Anhänger der Klassik*, gurrte Batseba. Und eins, zwei, drei hatten sich die Gleichgesinnten wegen des Tonfalls und der ganz speziellen Winkel und Längen ihrer Blicke erschnüffelt und verabredeten sich für ein erneutes Treffen, ein freundschaftliches, ohne den blaublütigen königlichen Ehemann.

163. Zwischen den Laken

Er hätte sich freuen sollen, dass Batseba seine Gemächer immer öfter aufsuchte und ihn besprang, tat er aber nicht, sie schien ihm fremd, gierig, besessen.

164. Teambildung

Batseba wollte die Bewerbungsunterlagen persönlich von A bis Z durchsehen, allen Bewerbungsgesprächen beiwohnen, und jedes dauerte ewig, es gab mehrere Runden, es wurde immer feiner ausgesiebt, und nach ein paar Wochen *ta-daa*, das Team aus Architekten und Designern war vollständig, sie vergruben sich in die Arbeit und tauschten Ideen aus, schliffen sie wie Edelsteine und skizzierten, bauten wie die Großen und wurden bald groß, ach, wie groß, was für Bilanzen, was für Profite, sie bekamen den Preis für das am schnellsten wachsende Unternehmen im Königreich, der Bürgerkrieg rückte ihnen nicht zu Leibe (vernichtete sie nicht), sie standen und bestanden und zehrten von Batsebas Kräften, mehr als alle Laufstrecken zusammen.

165. Absaloms schmähender Tweet

Es kommt eine Einladung, da jauchzt das Herz vor Freude. Ein Zigeunermusikalbum wurde aufgenommen, ein Unplugged-Konzert mit eminenten Gästen, und die Bühne betrat auch er, der Majestätischste von allen, und Krone hin oder her, er harmonierte sofort mit den Musikussen (Gleichberechtigung live), und sie fiedelten und klimperten und *Djelem djelem* und *Schönes Mädchen* und die Welt sah, was David konnte und wie er die Saiten beherrschte, und auf der Afterparty trommelte er auf die gespannte Haut ein, und alle schwangen das Tanzbein, er blies die Kaval und es klang himmlisch, und er ließ Batseba holen und sang für sie und bezeugte ihr vor allen seine Liebe, und auch sie lachte, ja, sie lachte, und sie umarmten sich, ja, umarmten sich, und sie nahmen den Schlüssel der kleinen Kammer in der oberen Etage und schlossen sich dort ein, und taten, ja, taten, und kamen zurück und tanzten und er sang für sie *ach, wenn ich hätte, was ich nicht habe*, bis zum Morgen, und am nächsten

Tag kursierte in den sozialen Medien ein Pamphlet, wie absurd es doch sei, dass der König in der Öffentlichkeit singe, dass er ihr, wenn er könnte, ein weißes Pferd kaufen würde, wo er ihr doch gerade neulich erst eine Firma geschenkt habe, und dann eine Pressekonferenz und man solle sehen, dass alles legal sei, kein roter Heller sei aus dem königlichen oder staatlichen Budget geflossen und niemandem sei etwas geschenkt worden: Batseba sei selbstständige Unternehmerin, und die ganze Publicity wegen *was ich nicht habe* war im Nu Gratiswerbung für die neu gegründete Firma, und auch später lief es ausgezeichnet und fantastisch für sie, und auch dem König kam die falsche Anschuldigung irrsinnig recht, weil sich herausstellte und zeigte, dass er eine supersaubere Weste hatte, und man musste nicht lange spekulieren, wer diese Gemeinheiten geschrieben hatte, aber David vergab ihm, seinem Fleisch und Blut, bevor er es ihm überhaupt übel nehmen konnte.

166. Lapsus linguae

Was sollen wir bloß tun, wir haben gar keine Spielsachen, sorgte sich Batseba, nachdem die Dreiergruppe aus dem Norden ihren Besuch angekündigt hatte. *Mach dich nicht verrückt, es wird für alles gesorgt.* Und tatsächlich, Taschen voll Kleinkram, den auch Batseba im Palast gehabt hätte, wenn … Der Mann der Schulfreundin war äußerst sympathisch und hatte wirklich prächtige Tattoos, und das Kind, ach, wie gut dieses kleine Ding duftete, wie schön es doch war, sie im Arm zu halten und die straffen Bäckchen zu küssen!

Beim Plaudern verplapperte sich die Schulfreundin, statt David sagte sie Urija. In drei Teufels Namen! Batseba tat, als hätte sie den Lapsus überhört. In ihrem Hals entstand ein Kloß, er wurde größer und größer, größer als der Weltraum, doch ihren Gesichtsausdruck konnte er nicht verfinstern.

Am Abend, als der Hofstaat in süße Träume versank, huschte sie einem Schatten gleich in die Küche, schnappte sich den Salzstreuer, ging damit ins Badezimmer, nahm auf dem Badewannenrand Platz und Rasiermesser und einmal ziehen und Fleur de Sel auf die Schnittwunde.

167. Leere

Je mehr sich Batsebas Herz mit beruflichen Erfolgen füllte, desto hohler wurde es.

168. Disharmonie

Er fand nichts dabei, es kränkte ihn nicht im Geringsten, als sie ihn nach Streichhölzern schickte, sie aber wollte genau das, denn sie konnte Leibwächter Nummer zwei nicht ausstehen.

169. Die zweite Seance

Faszinierend, was manche draufhaben! Sie gehen ein bisschen in die Knie, spreizen sie, schieben das Becken nach vorn, spannen ihre Schenkel an und kneifen die Hinterbacken zusammen, neigen ihren Oberkörper zurück und den Kopf ein Stück nach vorn, ihr Körper beschreibt also einen Bogen, legen eine Hand auf ihr Geschlechtsteil, drücken mit Zeige- und Mittelfinger an, steuern den Strahl, faszinierend. Und wie genau sie zielen können, zum Beispiel: Der Urin der Frau des Ministers mähte in gelbem Bogen über das knochige Gesichtchen (ihre zusammengepressten Lippen versuchten auszuweichen, aber der Strahl folgte ihnen erfolgreich); und wie weit sie schießen können! Als Kind muss sie die unumstrittene Favoritin der Nachbarschaft gewesen sein.

So weit gingen sie erst beim zweiten Treffen, beim ersten sollte sie nur beobachten und herausfinden, ob es ihr behagte: Die drei sitzen beim Candle-Light-Dinner, eigens engagierte Mädchen (nackt, mit ausdruckslosen Augenmasken, in Ketten) bedienen sie, manche auf allen vieren, die Speisenden werfen ihnen Essensreste vom Tisch zu, wie Hunden. Sie balgen sich darum, knurren und raufen, Kettenrasseln, dann eine Fotosession. Ein noch appetitlicherer Part hätte folgen sollen, doch bei der ersten Seance wurde dieser für alle Fälle ausgelassen, allerdings wurde er angedeutet. Es behagte ihr nicht. Zu vorhersehbar, trocken, ohne Spannungsbogen. Sie bedankte sich und fragte, ob sie nächstes Mal ihre eigene Maske bringen dürfe. *Selbstverständlich.*

Der Tisch bog sich auch beim nächsten Mal unter den Gaumenfreuden, Batseba legte eine Harlekinmaske aus der Commedia dell'arte an. Der Minister spielte auf Sexspielchen an (deswegen war sie schließlich hier, dachte er), sie aber sprang plötzlich auf den Tisch (ein Klirren und Krachen) und stürzte sich auf ihn, sodass er mit ihr um seinen Hals geklammert vom Stuhl donnerte (die Söldnerinnen erstarrten), sie biss und knurrte wie eine tollwütige Hündin, er stand völlig unter Schock und versuchte auszuweichen, schlug um sich, wollte sich unter dem Tisch verkriechen, sie zog an seinen Füßen, seine Tritte halfen nichts, sie ließ ihn nicht ins Aus, ein Mordstheater, und dann, dann hatte die Frau des Ministers begriffen, sie stand auf, zog ihr Unterteil aus, beugte sich nach hinten und … spriiitz, entwaffnete sie. Der Minister bedachte sie aus Leibeskräften schreiend mit Tiernamen und obszönen Adjektiven, seine einfallsreiche Frau legte ihr in der Zwischenzeit ein Halsband an, band sie am Tisch fest, langte wie von Sinnen nach den Tellern und stopfte ihr die Pellkartoffeln in den Mund *(sieh nur, wie sie zubeißen will!)* und Salat und Kobe-Steaks und was sie zu fassen bekam (sie spuckte alles aus, aber die andere hielt Schritt), er war starr vor Entsetzen, hob die Cognacflasche zum Mund, ging frische Luft schnappen. Nach einer ganzen Weile, nachdem sich die Gewalt gelegt und der Atem beruhigt hatte, nahm sie ihr die Maske ab, Batseba sah sie durchdringend an und sagte *ich wusste, ich kann mich auf Sie verlassen*, die andere antwortete *sollen wir uns wirklich noch immer siezen?* Und es war völlig klar, dass so ein Vorschlag von der anderen Seite hätte kommen müssen, doch auch das war Teil des Spiels, das beide verstanden, und zu Batsebas Freude hatte die Luft dem Minister gutgetan und auch er verstand es, denn als er zurückkam, hielt er Handbesen und Kehrschaufel in der Hand und warf sie vor Batseba hin, worauf sie nach vielen Jahren wieder den Boden fegte. Die Mädchen wollten helfen, doch die Hausherrin erlaubte es nicht.

Nummer zwei stand vor der Eingangstür, betrachtete die Gegend und hatte nicht den Hauch einer Ahnung, was drinnen zum Abendessen kredenzt wurde.

170. Das Volk kehrt David den Rücken

Die Meinungsforschung war unabhängig, obwohl sie von den aristokratischen Spitzen in Auftrag gegeben worden war, sie war nämlich nicht für die Öffentlichkeit bestimmt. David wurde kreidebleich, als er sah, dass der Gutteil der Volkesliebe auf dem Diagramm rot war. Rot, das war Absalom, und Grün David.

171. Blutige Hände

Auf dem Weg zur Hütte geschah etwas, weswegen später die Straße gesperrt wurde. Etwas, kurz bevor sie in die Kreuzung einfuhr, die Reifen quietschten und Krach und ein umgestürztes Motorrad. Sie blieb stehen, stieg aus dem Hummer aus, ging einige Schritte näher, nahe genug, um im staubigen Gras ein regloses Mädchen liegen zu sehen, und ganz in der Nähe ihre Turnschuhe. Sie bückte sich, nahm einen Schuh in die Hand, er war schwerer, als er sein sollte, denn darin steckte ein Stück des Mädchenfußes. In diesem Augenblick realisierte sie, dass sie Urijas Leichnam nie gesehen hatte, wie mag er wohl ausgesehen haben, schlaff, misshandelt, leblos?

Nummer zwei fuhr im Auto hinter ihr, er kümmerte sich, rief Krankenwagen und Polizei, beorderte einen Fahrer für den Geländewagen und brachte Batseba zurück in die Stadt.

Wie er auf den Turnschuh mit den menschlichen Fleischstücken in den Händen Ihrer Majestät reagiert hatte: Er wollte ihn nicht anfassen und auf den Boden legen, sondern bat entschieden darum, dass sie es selbst tat. Sie bückte sich also erneut und gab der Straße wieder, was sie haben wollte, als legte sie ein Kind schlafen. *An meinen Händen klebt Blut*, sagte sie laut. Der Leibwächter kapierte es nicht. Er dachte, dass sie von ihren Händen sprach, die beschmiert waren mit dem Blut des Mädchens, von diesen blutigen Händen. Und auch wenn ihn der Vorfall nicht erschüttert hätte – wie sollte dieser Wicht, der den Job nur wegen seines Nachnamens bekommen hatte, plötzlich Metaphern entschlüsseln können?

172. David schätzt Künstler mehr als kirchliche Würdenträger

Warum weinst du, fragte er. *Pandur*, schluchzte sie, *bei der Leseprobe, Herzinfarkt.*

Er war für die Ewigkeit geboren, sprach er den Trauergästen bei der Beerdigung sein Beileid aus, mit einer Träne, die auf sein Kind rutschte. Der Nuntius war furchtbar brüskiert, dass der König wegen der Beisetzung irgendeines Regisseurs einen seit zwei Jahren vereinbarten Besuch abgesagt hatte. So was macht man nicht. Vor allem nicht in heiklen Zeiten.

173. Falsche Hoffnung

Ein Diplomat von der anderen Seite des Ozeans sprach davon, was wäre, wenn nicht: zum Beispiel, wenn ein Vampir degenerieren, wenn er mutieren und immun gegen Holzpflöcke, Sonnenlicht und Weihwasser werden würde, wenn es schlicht und einfach keinen Schalter gäbe, mit dem man ihn ausschalten könnte, *hm, wohin würde das führen?* Sie amüsierten sich darüber, dass man merke, woher er komme, zu viele Filme, viel zu viele. *Nein, im Ernst,* insistierte er, *das Böse hat in seinem Gefüge eine Achillesferse, nichwahr, einen Raum, ein Fenster, einen kleinen Knopf zur Entwaffnung durch das Gute. Was, wenn nicht?* Er schien aufgebracht. *Keine Sorge,* beruhigte ihn David, *Gott hat in seiner unendlichen Vorsehung dafür gesorgt, dass dem nicht so ist.*

174. Harmonie

Sie harmonierten gut miteinander, vor allem die Frauen. Der Minister war von eher schlichtem Gemüt und hoffte immer nur auf Orgien, seine Frau aber hatte das Spiel durchschaut und fand tief in ihrem Inneren ebenfalls Betroffenheit und Groll, die sie zutage förderte und in ihre Spielchen transformierte. Improvisationen. Immer brutaler. Und jedes Mal war Batseba diejenige, die den Kürzeren zog (sprich bekam, wonach sie gesucht hatte).

175. Kontrollverlust

Durch die Linsen sah sie, dass Abigajil telefonierte, ihr Gesprächspartner musste sie erzürnt haben, denn sie schleuderte das Telefon gegen die Wand, sodass es zu winzigen Kelchblättern erblühte und verwelkte. Sie lachte zynisch und bemitleidete die humanitäre Aktivistin verächtlich *die hat sich wirklich nicht unter Kontrolle!*

Als sie allerdings vom Fernrohr wegtrat und sich ein Glas Rotwein einschenkte, beschlich sie ein seltsames Gefühl, als würde eine unbekannte Macht sie einsaugen, sie für einen kurzen Augenblick in Abigajils Körper versetzen und ruckartig wieder zurückbringen. In Batseba braute sich eine gewisse Scham zusammen, denn das, was sie gerade mitangesehen hatte, war ein Moment des Einknickens, womöglich der Zusammenbruch eines menschlichen Wesens, nichts, weswegen man schadenfroh sein sollte. Das erste Mal, seit sie im Palast lebte, spürte sie, dass ihr die Röte ins Gesicht stieg.

Danach dachte sie über ihr Gefühl nach, und ihr kam in den Sinn, dass dieses Telefonwerfen gegen die Wand bestimmt kein gutes Zeichen war. Dass vielleicht schon bald weiß der Teufel was passieren werde. Nichts Gutes.

176. Das Komplott

Giftig wie eine Sandviper kroch die Kunde über das Testosteron, das sich zusammenbraute, an den Hof: Absalom stellt ein Heer zusammen, er ist aufgeputscht bis unter die Schädeldecke, ein Kampf um den krummen Stab in der Hand droht auszubrechen – wer von ihnen beiden wird das Volk hüten, o Spross aus der Wurzel Isais!

177. Der fatale Fehler des Ministers

Eines Tages hatte der Minister genug, in Rotwein und klares Wasser schüttete er Rohypnol, selbst trank er Becherovka *(mir ist ein bisschen unwohl)*. Er schickte die Dienerinnen fort, platzierte seine Frau auf das Sofa im Wohnzimmer, jene des Königs zog er aus und band sie auf dem Tisch fest: Sie lag rücklings auf der Platte, ihre Gliedmaße an jeweils einem Tischbein festgezurrt. Er positionierte die Kamera und schmunzelte zuerst in die Linse *Zeit für ein Picknick!* Und er aß: Rindercarpaccio aus Batsebas Schritt. Dann in die Kamera *ojemine, ich habe den Parmesan vergessen.* Er streute ihn aus und aß: Parmesan aus Batsebas Schritt, freihändig. In die Kamera *wusste ich's doch, dass etwas fehlt, Kapern, lecker schmecker, oh, du kleine Kaper, wo willst du denn hin, komm raus, kleine Kaper, warte nur, ich krieg dich schon!* Und er stocherte: in Batsebas Schritt. In die Kamera *ich Dummkopf – Carpaccio ohne Öl!* Und er träufelte ein bisschen hierhin und ein bisschen dorthin, verschmierte es, ließ die Hosen runter, tobte sich aus.

Dann begann er zu überlegen: Wann lässt das Zeug eigentlich nach?! Die Panik packte ihn, denn er wusste, wann dieses Zeug nachließ (nämlich morgen). Und weiter: Batsebas Leibwächter ist vor dem Haus, Batsebas Ehemann unter der Krone. Er schaltete die Kamera aus. Er wählte eine Nummer, am anderen Ende der Assistent des Königs persönlich *komm dringend und umgehend her!* Er war vollkommen geistesabwesend, unachtsam. Er setzte sich ins Auto, zitterte wie Espenlaub und schwitzte kalten Schweiß. Er sagte sich *er wird mich umbringen, köpfen, vierteilen …* Deswegen drückte er das Pedal lieber selbst durch und krachte auf der Brücke ins Geländer und durchbrach es und flog, doch er flog nicht bis zum König, sondern bis hin zu viel höheren Instanzen.

178. Warten

Hat dieser Typ noch vor, sich herzubequemen, oder nicht?! Er brauchte ihn, ihn und die Generäle und Berater, damit sie die Landkarten ausbreiteten und eine Strategie und Taktik vereinbarten, um einen Staatsstreich zu verhindern, das Komplott zu zerschlagen, nur er fehlte noch. Man redete auf ihn ein, behutsam und rücksichtsvoll, dass man sofort reagieren, Entscheidungen treffen, Maßnahmen ergreifen müsse, Innenminister hin oder her, *uns läuft die Zeit davon!* David aber druckste herum wie ein Schuljunge vor der Tafel, zögerte, schielte auf die Uhr, tippte mit dem Finger auf den Tisch, sah mit Seehundblick zu seinem Assistenten *und was, wenn wir ihn noch mal anrufen?*

179. Vollendete Tatsachen

Geübt in Sachen Geduld harrte er vor der Tür des Ministers aus, bis ihn über sein Headset die Besorgnis der anderen Mitarbeiter erreichte, weil vom Minister für innere Angelegenheiten weit und breit keine Spur war. Sie zählten die Minuten, und noch bevor sie ausgerechnet hatten, dass er in diesem Zeitraum schon zweimal beim König hätte sein müssen, erfuhren sie, dass er unter der Brücke verreckt war. Sie sagten zu Nummer zwei, er solle der Witwe Bericht erstatten. Er klingelte, doch sie öffnete nicht, klopfte, aber niemand reagierte, rief, doch niemand antwortete, also brach er in die Wohnung ein und ging hinein. Und sah die Bescherung.

180. Die Flucht

Er hatte Augen, um zu sehen, und Ohren, um zu hören, doch David war blind, taub und stur wie ein Esel, er dachte, er sei bereit, doch dem war nicht so: Er musste seine Siebensachen packen und sich davonmachen (Strategie und Taktik), denn nun wehte ein tosender Wind, Absalom hatte sich zum neuen König erklärt, und das Volk lag ihm zu Füßen. Nummer zwei setzte Leib und Seele bei Seiner Majestät dafür ein, dass er sich um dessen Frau kümmern werde: Er sei bei ihr, er bewache sie, er werde sie in Sicherheit bringen, nur keine Sorge. Er zog Batseba ihre Klamotten über, pferchte sie ins Auto, packte die Aufnahmen ein, und bezüglich der betäubten Witwe que sera, sera, dafür wurde er nicht bezahlt.

181. Das Verbot

David schlüpfte mit seinen Leuten in einer Kartause unweit des Wohnorts von Batsebas Schulfreundin aus dem Gymnasium unter und schmiedete mit ihnen Zukunftspläne, genau genommen behinderte er sie vielmehr, als dass er hilfreich war, vor allem die Generalsköpfe mussten sich mächtig ins Zeug legen, um ihre Courtoisie einigermaßen zu bewahren, obwohl sie ihn am liebsten in die Ecke gesetzt und die weiteren Schritte im Alleingang beschlossen hätten. Sie sagten zueinander *das Alter hinterlässt seine Spuren, er wird immer ängstlicher, er ist nicht mehr der Tiger, der hinter den Philistern her war.* David aber bangte mehr um seinen Sohn als um sich selbst, er kroch in der Klosterkapelle kniend um den Altar herum und knetete Rosenkranzperlen zwischen seinen Fingern. Er trug seiner Mannschaft auf, dass sie den Jüngling Absalom nicht umbringen dürfen, niemals nicht, wie auch immer sie den usurpierten Thron unter seinem Hintern wegreißen sollten. Sie nickten, legten Eide ab, waren jedoch entschlossen, ihn bei der ersten sich bietenden Gelegenheit zwei Meter tief, einen Meter breit zu befördern, denn letztendlich lagen auch ihre Skalpe auf dem Henkersblock.

182. Nähe

Die Schulfreundin hätte sie mit offenen Armen empfangen, hätte sie von vorne bis hinten bedient, ihr reichlich Aufmerksamkeit gewidmet, obwohl die Kleine ein richtiger Satansbraten war, der seinen Willen durchzusetzen begann, obwohl sie nebenbei arbeiten ging und aus der Brache hinter dem Haus einen Garten machte. Batseba hätte sich benommen, als stünde ihr die hotelähnliche Bedienung im Exil zu. Aber es war zu gefährlich, auch sie musste zwischen den dicken Klostermauern sitzen. (Sie war die erste Frau, die jemals durch die Gänge der Klausur schritt

Nachdem sie weg war, strichen die Mönche die Wände und segneten alle Räume, von oben bis unten.) Die Schulfreundin wusste gar nicht, wie kurz die Entfernung zwischen ihrem Zuhause und Batsebas Unterschlupf war. Und dass die Tatsache, dass sie ganz in der Nähe war, keinerlei beruhigende Wirkung auf Batseba hatte. Batseba wurde wahnsinnig vor Angst.

183. »Es geht nicht um mich«

In diesem Augenblick flog ein schwarz-weißer Vogel mit langem Schwanz über den wolkenlosen Himmel, David seufzte *der Flug dieser Elster hat für die Welt genau so viel Bedeutung wie mein Verbleib auf dem Thron – gar keine.* Er dachte schwere Gedanken, gab sich ihnen fast ganz hin, hätte fast aufgegeben, *soll meine Zeit doch zum Teufel gehen.* Doch je mehr Runden er um den Altar drehte, desto wahrscheinlicher schien es ihm, dass Gott Pläne mit ihm hatte, denen er sich nicht widersetzen durfte, und dass dieser dunkle Schatten nur vorübergehend war. *Nein, nein, nein, es geht nicht um mich, es geht um den Willen Gottes, um die Heimat und das Volk*, platzte er auf seinem Egotrip aus allen Nähten.

Batseba lief in ihrer Zelle wieder und wieder gegen die Wand.

184. Pragmatismus

Nummer zwei befand sich in der Zwickmühle, ob er die Aufnahme runterziehen und sie sich ansehen oder das Recht auf Privatsphäre respektieren sollte. Er löste das Dilemma mit der Weisheit *Es ist Krieg, da weiß man nie.* Dann sah er sich das kleine Home-Video des verstorbenen Ministers an, der in der Einleitung die Party ankündigt (*Zeit für ein Picknick!*), und er bekam riesige Stielaugen, als er die letzte Fete seines Lebens sah. Er kalkulierte, wie viel er gewinnen oder verlieren könnte, wenn er die Aufnahme dem König übergab, und wie viel, wenn er sie Absalom brachte. Es dauerte nicht lange, bis sich die Waage neigte, wie sie sich neigte und er sich auf sein Motorrad schwang und in Richtung Süden davonfuhr.

185. Verloren

Wo ist er, fragte sie den König streng. *Wer? – Mein Leibwächter!* Sie wollte wissen, wo ihr erster Leibwächter war, der, der sie verstand, der, der sie kannte, der, der es konnte, der, der sie respektierte, der, ohne den sie verloren war, der, von dem man ihr nie gesagt hatte, warum er plötzlich nicht mehr da war, der, von dem sie nicht zu fragen wagte, wieso er plötzlich nicht mehr da war, der, der mit ihr pilgern gehen wollte, der, der mit seiner Sorge den König brüskiert hatte, dieser Leibwächter. Der König allerdings dachte, dass sie nach dem aktuellen Leibwächter fragte. *Stimmt, wo ist denn der?!* Jeder Stein wurde umgedreht, doch er versteckte sich unter keinem einzigen. Ein rechtschaffener Mann, Davids Stratege, bot sich an, ihm auf der Stelle nachzuspüren, diesem Verräterschwein, er werde ihn finden und es werde nicht gut für ihn aussehen. Auch er machte sich in Richtung Süden davon, aber nicht direkt Nummer zwei nach, sondern er ging auf eigene Faust ins Mutterland, auf Absaloms Hof, um ihm Honig ums Maul zu schmieren und so zu tun, als hätte er die Seiten gewechselt, um Absaloms Vertrauen zu gewinnen und für David zu spionieren (*das Leibwächterschwein ist sowieso in dieselbe Richtung unterwegs*, sagte er sich, *früher oder später werde ich ihm schon begegnen und ihm die Leviten lesen*). Das war der Plan, doch er ging auf bizarre Weise schief. Denn durch einen äußerst blöden Zufall fiel ihm Absalom selbst in die Hände. Die Szene war tatsächlich so außergewöhnlich, dass den Vorfall sogar irgendwelche heiligen Schriften erwähnen, wenn auch ein wenig abgeändert (es steht geschrieben, Absalom habe ein Maultier geritten, habe sich mit seinem Haar in den Ästen einer großen Eiche verfangen und sei zwischen Himmel und Erde gebaumelt – während das Maultier davonrannte –, sodass der berühmte Befehlshaber zu ihm ging und piks piks piks durchs Herz), aber Papier ist geduldig.

Batseba erfuhr nicht, wo ihr erster Leibwächter war.

186. Davidpsalm

Mein Gott, mein Gott, warum hast du mich verlassen … ich rufe bei Tag, doch du gibst keine Antwort, ich rufe bei Nacht und finde doch keine Ruhe … Ich aber bin ein Wurm und kein Mensch … vom Volk verachtet … Alle, die mich sehen, verziehen die Lippen … Sei mir nicht fern … niemand ist da … niemand, der hilft … Viele Stiere umgeben mich, Büffel von Baschan umringen mich, sie sperren gegen mich ihren Rachen auf … Ich bin hingeschüttet wie Wasser … gelöst haben sich alle meine Glieder, du legst mich in den Staub des Todes … Viele Hunde umlagern mich, eine Rotte von Bösen … sie gaffen und weiden sich an mir … Sie verteilen unter sich meine Kleider und werfen das Los um mein Gewand … Elí, Elí, lemá … Halte dich nicht fern … eil mir zu Hilfe … Entreiße mich aus der Gewalt der Hunde, rette mich vor dem Rachen des Löwen, vor den Hörnern der Büffel … Ich werde dich preisen … Preist ihn, rühmt ihn, erschauert vor ihm … Elí, Elí … Den HERRN sollen sie preisen, sollen daran denken … alle … vor ihm werfen sich alle nieder … Vor ihm allein sollen niederfallen die Mächtigen der Erde, vor ihm sich alle niederwerfen, die in der Erde ruhen, mein Stamm wird ihm dienen, seine Heilstat verkündet man dem kommenden Volk, denn er hat das Werk getan.

187. Batseba findet ihre Klinge nicht

Der Verputz bröckelte von der Wand, die Risse waren blutverschmiert. Sie schlug nur noch mit den Ellbogen dagegen. Oder mit den Schultern. Oder den Knien. Damit man die Verletzungen nicht sah. Beharrlich, fast schon systematisch. Tupp, tupp, tupp …

188. Ortung des Leibwächters

Wie soll man jemanden finden, der vom Erdboden verschluckt ist? Die Intuition, die Batsebas Herz und klugen Kopf durchfuhr, funktionierte offensichtlich: Sie ließ ermitteln, wie viele Nikola Teslas dieser Planet trug. Es kostete sie ein Vermögen, allerdings hatte sie im Exil sowieso keine richtige Gelegenheit, Geld auszugeben. Sie bekam einen Zettel in die Hände, auf dem Schwarz auf Weiß stand, dass auf dem gesamten Erdenrund eine einzige Person mit diesem Namen lebte. Wohnhaft an dieser und jener Adresse, erreichbar unter dieser und jener Nummer, unter dieser und jener Mailadresse, diesem und jenem Viber, WhatsApp, Messenger, Hangouts, Snapchat. Und voilà, die Koordinaten seines Zuhauses. Danach lief alles wie geschmiert, und die Stimme, die sich auf der anderen Seite der Drahtlosigkeit meldete, war die richtige. Sie brach in Tränen aus, Nikola Tesla, der diesen Namen erst seit Kurzem trug, weinte auch, in seinem Inneren, er weinte ganze Wasserfälle an Schmerz (weil er hilflos war) und Freude (weil er wieder ihre Stimme hörte).

Er war tatsächlich pilgern gegangen, damals. Zuerst hatte man seine Verletzung (Kieferbruch) behandelt und ihm dann seine Kündigung sowie eine ansehnliche Abfindung in die Hand gedrückt. Der Knochen verheilt, der Stein im Wasser dreht sich um. Dann ging er los, sein Rucksack wog fünfzehn Kilo, tagsüber marschierte er ohne Schuhwerk an die dreißig Kilometer, bereitete sein Essen mit einem kleinen Gaskocher zu, spülte sein Geschirr in Bächen, wusch sich an Tankstellen, schlief unter Überführungen, Heuharfen, hin und wieder in Pfarrhöfen oder Sporthallen, der Regen reinigte ihn, Stechmücken zerfraßen ihn, er aber ging weiter, weil er es musste. Er ging und betete für Batseba, für ihre geschundene, nach Schmerz lechzende Seele, er betete und bat, Gott möge ihre Bürde noch einmal neu bemessen, sie nicht mehr foltern und ihr Ruhe bringen. Im Petersdom gab er Geld für eine Messe, kaufte aufs Geratewohl eine Fahrkarte für den erstbesten Zug, der ihn an einen weit entfernten Ort brachte, dessen Namen er noch nie in den Mund genommen hatte. Er änderte seinen Namen, quartierte sich in einer Hütte ein, bewirtschaftete die Welt drum herum, hin und wieder mähte er gegen Bezahlung die Grünflächen im Dorf, beschnitt Ziersträucher, hackte Holz und trug den alten Frauen die Einkäufe nach Hause. Manche Dorfbewohner hielten ihn für einen Einsiedler, andere für einen Sonderling, von Gott geschlagen, doch weder die einen noch die anderen hatten eine Ahnung, was für eine IT-Ausrüstung er im Keller hatte.

Das Schwierigste an diesem Telefongespräch war es, Nein zu sagen. *Nein, ich komme nicht.*

189. Pyrrhussieg

Sieg, Sieg, Sieg, riefen sie lauthals und bliesen ins Horn. Der Triumph ging in Hysterie über, denn Davids Männer sahen ihre Köpfe bereits auf Pfählen aufgespießt – alles deutete nämlich auf einen glatten Sieg Absaloms hin: Er hatte die Hauptstadt eingenommen, das Volk war auf seiner Seite, die Armee war reihenweise in sein Lager übergetreten und somit zahlenmäßig stärker geworden als die andere, sogar David erstarrte und benahm sich wie ein Narr, gab törichte Anweisungen, und dann plötzlich diese verrückte Kehrtwendung, *das glaubt man fast nicht, er hat sich richtig verheddert in dieser Botanik und sich dem Schwert präsentiert!*

Als David den Tumult hörte, wollte er nur eines wissen: ob sie sich an die Order gehalten hatten (ob es dem Junior gut gehe). *Wie dem Jungen möge es den Feinden meines Herrn, des Königs, und allen ergehen, die sich gegen dich auflehnen, um Böses zu tun!* Batsebas Zustand besserte sich, als sie den fröhlichen Lärm hörte, sie lief den Gang entlang zu Davids Gemächern, doch an der Tür vernahm sie männliches Weinen, schon wieder war seine Seele zerrissen *oh, wenn doch nur ich an deiner statt …!*

Sie ging nicht zum König. Sie kehrte nicht in ihre Zelle zurück.

190. Batseba verschwindet

Sie entschuldigten Batseba mit einer Ausrede beim König, obwohl sie keinen blassen Schimmer hatten, wo sie steckte. Es herrschte Chaos, sie waren berauscht, unaufmerksam, ihnen fiel nicht auf, dass sie plötzlich verschwunden war. *Sie ist zur Schulfreundin gegangen*, versicherten sie, *natürlich nicht allein, sie wohnt ganz in der Nähe, da wollte sie sie besuchen, machen Sie sich keine Sorgen, wir werden sie sicher wieder in die Heimat bringen …* Wie sie zitterten, wie sie sich fürchteten, o weh, hätten sie dem König gestanden, dass sie nicht die geringste Ahnung hatten, wo sie war (wenn sie denn überhaupt noch war), o weh, sie würden in ihrem Leben keinen einzigen Kaffee mehr trinken, würden für immer offline gehen.

191. Der Besuch

Draußen weidete ein Hängebauchschwein neben ein paar Hühnern, eine Katze streckte sich desinteressiert und döste weiter. Als das Schwein sie sah, trippelte es auf sie zu, als hätte es sie erkannt. Und es klang, als hätte es gejauchzt. *Ave, dolore plena!* Nikola Tesla hob den Blick.

Der Mann hatte der Frau vielfach und auf vielerlei Weise seine Liebe bezeugt, diesmal verprügelte er sie, die Schläge prasselten nur so auf sie ein, Handabdrücke auf blasser Haut (*pale,* aristokratisch heller Teint), sie schrie und wehrte sich, legte ihre Arme schützend vor ihren Körper, versuchte davonzulaufen, aber er erwischte sie, indem er sie an den Haaren zog (ein Büschel blieb in seiner Hand zurück), er schlug sie und hörte nicht auf, weinte, weil es auch ihm wehtat, vor allem ihm, er liebte sie nämlich bis zum Mond und zurück und noch einmal hin und zurück und wieder und wieder. Batsebas Kleidung war ganz kaputt und zerschlissen vom Kampf, er hatte sie ihr brutal vom Körper gerissen und zwischen ihre knochigen Schenkel ins Trockene hineingestoßen. Sie entzog sich ihm, stieß ihn von sich, schüttelte ihn ab und wand sich in alle Richtungen, um irgendwie zu entkommen, doch irgendwann trafen sich ihre Blicke: zwei dunkle Gumpen purer Verzweiflung und schieren Elends aneinander, ineinander, so tief, so endgültig. Dann nur eine einzige endlose zärtliche Umarmung (Verweile doch, du bist so schön!), in der duftende Säfte vergossen wurden und er sich in sie ergoss und sie pulsierten.

Ist sie nicht seltsam, ist sie nicht einfach unpackbar seltsam – diese erbärmliche Liebe, hm?

192. Rückkehr mit Stil

Der König kehrte mit seinem Stab an den Hof zurück, das Volk empfing ihn wie einen Christus, warf Blumen und Grünzeug unter die Räder des gepanzerten Autos, wedelte mit Transparenten und bunten Tüchern und posierte vor den Objektiven der Journalisten, um ja auf einem Foto zu sehen zu sein, damit es einen Beleg hatte, damit der König sah, zu wem es gehörte, sollte es einmal gefährlich werden. Man kann schließlich nie wissen, in diesen verrückten Zeiten.

(David ließ an diesem Abend zehn getaufte Gazellen zu sich bringen, um sich mit ihnen zu vergnügen, jedoch brachten ihre Bewegungen und Andeutungen, Gesten und Worte kein Blut in sein Organ, damit es hart wurde, wie es sollte. Er betrank sich mit Jungwein und schlug an seine Brust.)

Der Pöbel bemerkte allerdings, dass Batseba fehlte, und malte ihr deswegen umgehend einen großen schwarzen Punkt in seine Bücher. *So ein Tag, so ein Sieg, und sie ist nicht an des Königs Linken! Beziehungsweise Rechten. Wie auch immer, sie ist nicht dabei.* Die Leute zerrissen sich über ihren Bierkrügen die Mäuler und wünschten ihr einvernehmlich aus ganzem Herzen, dass sie dorthin gehen solle, wo der Pfeffer wächst und ihr Arm verdorren solle. Der Premier höchstpersönlich entschuldigte sie, sie sei auf Kur, doch die Leute schüttelten nur weiter den Kopf. *Krank – was denn noch! Wir sind ein von Gott auserwähltes Volk, uns wird niemand für dumm verkaufen!* Doch als sie einige Wochen später auf Instagram Davids sanftes Lächeln sahen und seine Hand, die auf Batsebas erneut rundem Bäuchlein ruhte, vergaßen sie ihre schlechte Laune und ihr Missfallen. Noch einvernehmlicher und noch mehr aus dem Herzen wünschten sie ihr und dem Würmchen alles Gute, das mit Gottes Hilfe gesund und munter auf diese Welt flutschen und sie verschönern möge.

193. Salomo wird Davids Thronfolger

Viele Jahre vergingen. Inzwischen war König David verstorben, sein Volk hatte ihn begraben (und im Laufe der Jahre vergessen, wo), sein Thronfolger war Salomo. Er wurde zum Gekrönten gesalbt, noch bevor seine Barthärchen ganz hart waren. Batsebas und Davids Sohn, der gar nicht Davids Sohn war, von dem er nie erfuhr, dass er ein Kuckuckskind war, ein ganz wie sein biologischer Vater besonnener junger Mann, der mit Gott dem Herrn die Weisheit ausgehandelt hatte, dessen Wunsch Gott so gut gefallen hatte, dass er ihm als Draufgabe noch Ruhm und Reichtum schenkte; dessen Geburt das schlechte Gewissen seiner

Mutter nicht heilte, jedoch beruhigte, denn ab dem Augenblick, als die erste Schwangerschaftsübelkeit sie packte und sie sich morgenlang die Seele aus dem Leib kotzte, spürte sie in sich den Keim der Ruhe mit sich selbst (und mit Gott, an den sie vor sich selbst verheimlichend, anonym glaubte); und der Halm wuchs wie aus einem Senfkorn zu einem Baum heran, als ihr David hundertpro versprach, dass Salomo sein Thronfolger werde, und als er das Gesagte zusätzlich in sein Testament schrieb und es beim Notar besiegeln ließ.

Völlige Ruhe mit der Welt erreichte sie nie. Im Laufe der Jahre wurde sie zur Salzsäule, zu einer Statue aus Stein, die nur von den gelegentlichen Briefen Nikola Teslas erweicht wurde – dessen Mutter ihm diesen Namen nicht gegeben hatte, dessen Vater ihm diesen Nachnamen nie weitergegeben hatte. Sie schrieb ihm als Heloisa Abaelard, feurig leidenschaftliche Liebesbriefe reisten von einem Liebenden zum anderen, aus einer Welt in die andere, in langsamen, gigantischen Badmintonloops.

Verzeichnis der biblischen Personen

Abigajil

Die Frau des reichen Nabal, später Davids Frau. Als David vor Saul floh, verweigerte ihm Nabal unwirsch Nahrung. Abigajil erfuhr, dass Davids Männer ihr Anwesen überfallen wollten, worauf sie David große Mengen an Nahrung und Wein brachte und um Gnade für ihren Mann bat. David befahl daraufhin den Rückzug.

Absalom

Davids Lieblingssohn. Galt als schönster Mann in Königreich. Absalom versuchte, seinen Vater vom Thron zu stürzen. David musste aus Jerusalem fliehen, doch Absalom wurde besiegt und zu Davids großem Leidweisen getötet. Als Absalom auf einem Maultier floh, verfing er sich in den Ästen einer Eiche. Davids Heerführer Joab handelte gegen den königlichen Befehl und tötete ihn.

Amnon

Davids Erstgeborener. Er schändete seine Halbschwester Tamara und wurde von Absalom aus Rache getötet.

Boas

Ein reicher und edler Bauer, Davids Urgroßvater.

David

Der zweite israelitische König. Noch als Hirte tötete er den Philisterriesen Goliath. Saul war wegen Davids Beliebtheit beim Volk eifersüchtig, weshalb David viele Jahre lang als Ausgestoßener in permanenter Lebensgefahr ausharren musste. Als Saul und Jonatan im Kampf gegen die Philister fielen, wurde David König. Er einte das Königreich und eroberte die Jebusiter Festung

Jerusalem, das anschließend zur Hauptstadt wurde. Während seiner Regentschaft erweiterte er die Grenzen und vertrieb seine Feinde. Er hinterließ Salomo ein ruhiges und sicheres Königreich. Sein geschicktes Harfenspiel brachte den jungen David an Sauls Hof, wo er mit seiner Musik des Königs Anfälle von Wahnsinn lindern sollte.

David verliebte sich in Batseba, die Frau Urijas, eines seiner Soldaten. Als sie schwanger wurde, befahl er, Urija an vorderste Front zu stellen und dafür zu sorgen, dass er starb. Daraufhin ehelichte David Batseba. Gott strafte Davids Sünde mit dem Tod ihres ersten Sohnes.

David gilt als Verfasser mehrerer Psalmen.

Gabriel

Erzengel. Besonderer Götterbote. Verkündete Maria die Geburt Jesu.

Goliath

Riesenhafter Krieger der Philister, der von David getötet wurde. Er brachte ihn mit einer Steinschleuder zu Boden und schlug ihm schließlich mit seinem eigenen Schwert den Kopf ab.

Isai

Boas Enkel und König Davids Vater.

Jonatan

Ältester Sohn von König Saul und Davids bester Freund.

Saul

Erster israelitischer König. Das israelitische Volk verlangte von seinem Führer, dem Propheten Samuel, einen König nach dem Vorbild anderer Völker. Samuel kam ihrem Wunsch nach und machte den gut aussehenden Saul zum König. Dieser war zunächst bescheiden, doch schon bald stieg ihm die Macht zu Kopf, er wurde eitel, weshalb Gott einen anderen Mann zum König erwählte: David. Saul wurde eifersüchtig und vertrieb David. Saul starb im Kampf gegen die Philister.

Salomo
Der berühmteste israelitische König, Sohn von König David und Batseba. Seine Weisheit war legendär. Salomos Regentschaft gilt als das goldene Zeitalter Israels.

schwarze Königin aus dem fernen Land
Die Königin von Saba.

Tamara
Davids Tochter, von ihrem Halbbruder Amnon geschändet.

Urija
Soldat in König Davids Armee und Batsebas erster Ehemann. Weil David ein Verhältnis mit Batseba hatte, schickte er Urija an vorderste Front, damit er getötet wurde.

Im Roman treten auch reale Personen auf, und mit ihrer Anwesenheit wurden sie zu literarischer Realität, Fiktion, Fantasie … Die Autorin möchte sich an dieser Stelle bei allen Erwähnten bedanken – für alles.

Zitate und Referenzen

7

Potentia est imperare urbi universo – lat. Die Macht soll über alle Welt herrschen; Abwandlung des habsburgischen Wahlspruchs *Austriae est imperare orbi universo*, eine Erklärung der Abkürzung A.E.I.O.U., Signatur von Kaiser Friedrich III. (1415–1493); auch Motto im Wappen der Theresianischen Militärakademie in Wiener Neustadt

8

Hinter den Bergen bei den sieben Zwergen – in der Übersetzung Verweis auf Schneewittchen, im slowenischen Originaltext Zitat aus dem Kinderlied *Prišla je miška iz mišnice* (dt. Die Maus kam aus der Mausefalle): za goró, za to goro zéleno (dt. hinterm Berg, hinter diesem grünen Berg)

11

Tohuwabohu – hebr. tohu wa-bohu: wüst und leer; aus 1 Gen 1,2

19

cold as ice – im Original »hladna kot špricer« (dt. kühl wie eine Weinschorle), Titel des gleichnamigen Liedes der slowenischen Musikgruppe Mladi korenjaki; in der Übersetzung Referenz auf das Lied *Cold As Ice* der Band Foreigner

23

Ich steh auf dem Dach, ich warte vehement, ich warte immer noch, die Füße im Zement, solange ich noch … solange ich noch noch noch noch noch … warten kann. Come up and see me, come up and see me, come up and see me sometime – Zitat aus dem Lied *Come Up And See Me* von Teho Teardo und Blixa Bargeld

25
er sah eine Frau, die badete, die Frau war sehr schön anzusehen – aus 2 Sam 11,2

durchschnittlich verdient sie 101 Euro weniger als ein Mann – offizielle Angabe aus dem Jahr 2017 zum Brutto-Gehaltsunterschied von Mann und Frau in Slowenien

26
Auf diesen und solchen Verschwiegenheiten bauten sie später. – abgeänderter Titel des Liedes *In na tem sva potem gradila* (dt. Und darauf bauten wir dann) der slowenischen Punkband Pankrti

27
wahrlich, wahrlich, ich sage euch – Referenz auf mehrere Bibelstellen, etwa Joh 5,24

33
so wird ihre Ehe beinhart – im Originaltext »kamenkost«, Kompositum aus kamen (dt. Stein) und kost (dt. Knochen, Gebeine); Referenz auf einen slowenischen Auszählreim

und die Pforten der Unterwelt werden sie nicht überwältigen – aus Mt 16,18

Denn stark wie der Tod ist die Liebe. – aus Hld 8,6

Wenn es keine Liebe gibt, dröhnt das Erz und die Pauke lärmt. – aus 1 Kor 13,1

35
tritt nicht herzu, zieh deine Schuhe von deinen Füßen, denn der Ort, darauf du stehst, ist heiliges Land. – aus 2 Ex 3,5

40
Flieh Mond, Mond, Mond. Wenn die Zigeuner kämen, würden sie aus deinem Herz Halsbänder und weiße Ringe machen. – Verse aus Federico García Lorcas Gedicht *Romance de la luna, luna* (dt. *Romanze an den Mond, Mond*); Übersetzer unbekannt

41
seht nur, wie sie geht, wie sie den Boden berührt, die Sterne staunen, wer staunt über die Sterne – Verse aus dem Gedicht *Kdo je kdo* (dt. *Wer ist wer*) von Tomaž Šalamun; Übersetzung von Metka Wakounig

44
Um dieses Buch nicht auf dem Tisch meines Zimmers zu lassen, habe ich mit einem gewissen Kraftaufwand die Schublade geöffnet, es hineingelegt und bis ganz nach hinten geschoben. Es stieß gegen irgendetwas, denn die Schublade selbst war nicht von geringer Tiefe – aus *Baron von Teive. Die Erziehung zum Stoiker* von Fernando Pessoa; Übersetzung von Inés Koebel

47
setzte sie dann unter sich, später auf sich – Referenz auf das Lied *Čakal sn te ko kreten* (dt. Hab wie blöde auf dich gewartet) der slowenischen Rockband Mi2: »S tem da je ves vic v tem, kar daš podse, kar daš nase« (dt. Wodurch der ganze Witz darin liegt, was du unter dich setzt, was über dich)

52
schlagen und brechen, hauen und stechen – aus dem Partisanenlied *Na Juriš!* (dt. Zum Sturme) von Tone Seliškar; Übersetzer unbekannt

53
Ah, es gibt keinen Tod, keinen Tod. Nur die Stille ist zu tief. – Aus dem Gedicht *Ah, es gibt keinen Tod* (slow. *O saj ni smrti*) von Srečko Kosovel; Übersetzer unbekannt

56
ich diene – Referenz auf das Motto »Ich dien« im Wappen des Prince of Wales

59
und ob er schon wanderte im finstern Tal – Referenz auf Ps 23,4

64
Klappe zu, Affe tot – im Originaltext Beginn eines slowenischen Auszählreims: *Žiga žaga, glavco preč* (dt. Ritsch ratsch, Kopf ab); in der Übersetzung deutsche Redewendung

67
gepriesen bist du, Schöpfer der Welt – aus dem Darbringungsgebet der Gabenbereitung

68
hinunter, hinunter – slow. *dol, dol*; Zitat aus dem gleichnamigen Gedicht von Dane Zajc; Übersetzung von Fabjan Hafner

70 und 118
Siehe, da war es ein Traum! – aus 1 Kön 3,15

72
prekmurska gibanica – Süßspeise, Schichtkuchen aus der Region Prekmurje

73
Herr, wohin, wohin sollen wir gehen. – aus dem Lied *Herr, wohin* von Johann Conrad Lichtenberg (Komponist: Christoph Graupner)

74
Luft, viel Luft, und Landschaft – aus dem Gedicht *Kaj rabi pesem* (dt. Was braucht ein Gedicht) von Esad Babačić; Übersetzung von Metka Wakounig

76
Bitte, Herr, ich und diese Frau wohnen im gleichen Haus, und ich habe dort in ihrem Beisein geboren. Am dritten Tag nach meiner Niederkunft gebar auch diese Frau. Wir waren beisammen; kein Fremder war bei uns im Haus, nur wir beide waren dort. Nun starb der Sohn dieser Frau während der Nacht; denn sie hatte ihn im Schlaf erdrückt. Sie stand mitten in der Nacht auf, nahm mir mein Kind weg, während deine Magd schlief, und legte es an ihre Seite. Ihr totes Kind aber legte sie an meine Seite. Als ich am Morgen aufstand, um mein Kind zu stillen, war es tot. Als ich es aber am Morgen genau ansah, war es nicht mein Kind, das ich geboren hatte. Da rief die andere Frau Nein, mein Kind lebt und dein Kind ist tot. Doch die erste entgegnete Nein, dein Kind ist tot und mein Kind lebt. – aus 1 Kön 3, 17–22

78
Wie soll ich meine Seele halten, dass sie nicht an deine rührt – aus *Liebeslied* von Rainer Maria Rilke

Wer, wenn ich schriee, hörte mich denn – aus den *Duineser Elegien, Die erste Elegie* von Rainer Maria Rilke

83

die mit Freuden aßen und mit gutem Mut Wein tranken – Referenz auf Pred 9,7

86

Krieg hat seine Zeit, Friede hat seine Zeit, Steine schleudern hat seine Zeit, Steine sammeln hat seine Zeit – sowohl abgeänderte Verse aus dem Gedicht *Schaltjahr* von Vytautas Stankus (slowenische Übersetzung von Klemen Pisk, deutsche Übersetzung der slowenischen Übersetzung von Metka Wakounig) als auch Referenz auf die Bibel, Pred 3

87

braunhaarige, liebliche Schönheiten, Lilien unter Disteln, Tauben in Felsennestern, mit Lippen wie roten Bändern, festen Brüsten, langen Hälsen, schlank, hübsch – Referenz auf mehrere Stellen des Hohelieds: Hld 1,5; Hld 2,2; Hld 2,14; Hld 4,3; Hld 7,5; Hld 7,8

101

buregdžinica – kleine Läden, die vor allem auf den Verkauf von Burek spezialisiert sind, typisch für Bosnien

102

der bestirnte Himmel über mir und das moralische Gesetz in mir – Zitat Immanuel Kant: »Zwei Dinge erfüllen das Gemüt mit immer neuer und zunehmender Bewunderung und Ehrfurcht, je öfter und anhaltender sich das Nachdenken damit beschäftigt: der bestirnte Himmel über mir und das moralische Gesetz in mir.«

105

Malaika, nakupenda Malaika – Vers aus dem kenianischen Lied *Malaika* (dt. Engel, guter Geist)

110
Hopp, Cefizelj, hab ich dich! – berühmtes Zitat aus der Humoreskensammlung *Butalci* von Fran Milčinski; Übersetzung von Metka Wakounig

and the monkey sat on a pile of stones, and he stared at the broken bone in his hand – aus dem Lied *Perfect Sense* von Roger Waters

114
Liebe an sich, wunschlose Liebe – aus dem Gedicht *spretni so v razlagi …* (dt. *im erklären geschickt …*) von Gorazd Kocijančič; Übersetzung von Metka Wakounig

120
If you're happy and you know it clap your hands – aus dem US-amerikanischen Kinderlied *If You're Happy And You Know It*

130
Du bist schön, sagte er zu ihr, als sie im Spiegel ihr wachsendes Profil betrachtete. (Schön, Tochter Jerusalems, meine Freundin, meine Schwester.) – im Hohelied spricht der Ehegatte seine Frau häufig mit diesen oder ähnlichen Ausdrücken an, siehe etwa Hld 4,10

134
Und der HERR schlug das Kind, das Urijas Frau David geboren hatte, dass es todkrank wurde. Und David suchte Gott um des Knäbleins willen und fastete, und wenn er heimkam, lag er über Nacht auf der Erde. Da traten herzu die Ältesten seines Hauses und wollten ihn aufrichten von der Erde; er aber wollte nicht und aß auch nicht mit ihnen. Am siebenten Tage aber starb das Kind. – aus 2 Sam 12,15–18

141
Gott, an den sie nicht glaubte – Referenz auf das Gedicht *Pismo* (dt. *Der Brief*) von Boris A. Novak: Skrivnostno bolj pogosto mislim nate, ki vate ne verjamem (dt. Geheimnisvoll denke ich immer häufiger an dich, der ich an dich nicht glaube); Übersetzung von Fabjan Hafner

144
MandićMaschine – Referenz auf das Stück *MandićMašina* von Marko Mandić und Bojan Jablanovec

145
Ist meine Liebe platt, oder wär es möglich, dass eigentlich dein Herz platt ist – dunkel ist es, mag kein Licht, keinen Luftzug, sag's mir, Herz, sprich. – Anfangsverse des Gedichts *Briefe an M* (slow. *Pisma M*) von Anja Golob: Je moja ljubezen ploščata, mar more biti, da je ploščato tvoje srce – je temno, mu je luč odveč, prepih, povej mi, reci, govori, srce; Übersetzung von Urška P. Černe und Uljana Wolf

151
Meine Mutter kocht Kaffee nur aus Zichorie, nur aus Zichorie (…) und es duftete, und es duftete (…) *wir brannten Gerste, Körner, juhee, und es duftete, ach, wie Kaffee* – aus dem istrischen Volkslied *Moja mati kuha kafe* (dt. *Meine Mutter kocht Kaffee*)

153
Mit jedem Lied werde ich mehr! – abgeänderter Titel des Gedichtbands *Z vsako pesmijo me je manj* (dt. *Mit jedem Gedicht werde ich weniger*) von Marko Pavček; Übersetzung von Metka Wakounig

155
du bist besorgt und beunruhigt um viele Dinge, eins aber ist nötig – aus Lk 10,41–42

157
Potitze – slow. potica, slowenische Süßspeise

159
dass der Andere niemals nur ein hilfloses, blindes Opfer ohne Verantwortung sei – aus einem Interview mit Slavoj Žižek vom 22. April 2016 auf dem Nachrichtenportal MMC RTV SLO

du bist frei, entscheide dich – *Svobodna si. Odloči se.* (dt. Du bist frei. Entscheide dich.) ist ein slowenischer Kurzfilm aus dem Jahr 2000, geschrieben und unter der Regie von Miha Mazzini nach seiner eigenen Kurzgeschichte *Mehanizmi herojstva* (dt. Mechanismen des Heroismus); Übersetzung von Metka Wakounig

164
sie standen und bestanden – Referenz auf *stati inu obstati* (dt. stehen und bestehen) aus dem *Katechismus* von Primož Trubar; auch auf die slowenische 1-Euro-Münze eingeprägt

165
Djelem djelem – internationale Hymne der Roma

Schönes Mädchen – im Originaltext *Čaje šukarije*, Lied von Esma Redžepova

ach, wenn ich hätte, was ich nicht habe – aus dem Lied *Gypsy Magic* von Vlatko Stefanovski: Ej da imam, ko što nemam, pa da kupam bel konj (dt. Ach, wenn ich hätte, was ich nicht habe und ein weißes Pferd kaufen könnte)

173
der Diplomat spricht über das Gefüge des Bösen – Referenz auf den Roman *Il signore dei lupi* von Paulo Maurensig

176
ein Kampf um den krummen Stab in der Hand droht auszubrechen – Referenz auf das slowenische Volkslied *Zakrivljeno palico v roki* (dt. Mit dem krummen Stab in der Hand)

Spross aus der Wurzel Isais – aus Jes 11,10

179
Er klingelte, doch sie öffnete nicht, klopfte, aber niemand reagierte, rief, doch niemand antwortete – Referenz auf Mt 7,7 bzw. Lk 11,9

180
que sera, sera – Referenz auf das Lied *Whatever Will Be, Will Be* (*Que Sera, Sera)* von Ray Evans und Jay Livingston, gesungen von Doris Day, aus dem Film *Der Mann, der zu viel wusste* von Alfred Hitchcock

181
zwei Meter tief, einen Meter breit – aus dem Lied *Grobar* (dt. Der Totengräber) von Adi Smolar; Übersetzung von Metka Wakounig

183
Er dachte schwere Gedanken – Referenz auf das Gedicht *Čaša nesmrtnosti* (dt. Kelch der Unsterblichkeit) von Anton Aškerc; Übersetzung von Metka Wakounig

185
es steht geschrieben, Absalom habe ein Maultier geritten, habe sich mit seinem Haar in den Ästen einer großen Eiche verfangen und sei zwischen Himmel und Erde gebaumelt – während das Maultier davonrannte –, sodass der berühmte Befehlshaber zu ihm ging und piks piks piks durchs Herz – Referenz auf 2 Sam 18

186
aus Ps 22

188
der Stein im Wasser dreht sich um – Referenz auf das slowenische Volkslied *Zabučale gore* (dt. Rauschende Berge): Kamen, še ta kamen v vodi se obrne, le mladost se moja nikdar več ne vrne (dt. Auch dieser Stein im Wasser dreht sich um, doch meine Jugend kehrt nie wieder); Übersetzung von Metka Wakounig

Heuharfe – slow. kozolec, eine für Slowenien typische Vorrichtung zum Trocknen von Heu, Teil des Kulturguts

er aber ging weiter, weil er es musste – Referenz auf das Gedicht *Duma* von Srečko Kosovel: In vendar še greš, ker moraš tako (dt. Und doch gehst du weiter, weil du es musst); Übersetzung von Metka Wakounig

189
Wie dem Jungen möge es den Feinden meines Herrn, des Königs, und allen ergehen, die sich gegen dich auflehnen, um Böses zu tun! – aus 2 Sam 18,32

190
Verweile doch, du bist so schön! – aus *Faust* von Johann Wolfgang von Goethe

191
Ave, dolore plena! – Abänderung der Grußworte *Ave, gratie plena!* (aus Lk 1,28) des Erzengels Gabriel an Maria. Auch das Gegrüßest seist du Maria hat einen ähnlichen Anfang (*Ave Maria, gratia plena*). Die Gnade wurde an diese Stelle durch den Schmerz ersetzt.

191
vielfach und auf vielerlei Weise – aus Hebr 1,1

192
schlug an seine Brust – aus Lk 18,13

193
Statue aus Stein – Referenz auf das Gedicht *Das Monogramm III* von Odysseas Elytis; Übersetzung von Metka Wakounig

Salzsäule – aus Gen 19,26

JAK SLOVENIAN BOOK AGENCY

Diese Ausgabe wurde durch die Slowenische Buchagentur ermöglicht.

Wir wollen unnötigen Plastikmüll vermeiden.
Dieses Buch ist nicht in Folie eingeschweißt.

Frenzel, Jacobi & Reinthaler OHG | Erlangen
www.homunculus-verlag.de

homunculus line up
lit★europe

Druck und Bindung: STOGA Print & Paper, Poland
Schrift für Mengensatz: Garamond Pro
Umschlaggestaltung & Bildbearbeitung: Florian L. Arnold, florianarnold.de
Foto (S. 2): Marko Kosović

ISBN 978-3-946120-37-7